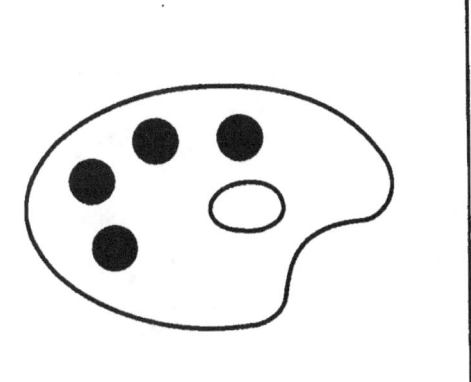

LA

REINE ESTHER

TRAGÉDIE PROVENÇALE

REPRODUCTION DE L'EDITION UNIQUE DE 1774

avec

INTRODUCTION ET NOTES

par

ERNEST SABATIER

~~~~~~

NIMES

ANDRÉ CATÉLAN, LIBRAIRE

11. Rue Thoumayne, 11

—

1877

TIRÉ A 300 EXEMPLAIRES PAPIER VÉLIN : 2'50

ET A 30 EXEMPLAIRES SUR PAPIER VERGÉ

Il a été fait de ce livre un tirage spécial de six exemplaires, sur papier Wathman, numérotés à la presse et non mis dans le commerce.

LA REINE ESTHER

TIRÉ A 300 EXEMPLAIRES SUR PAPIER VÉLIN

ET A 20 EXEMPLAIRES SUR PAPIER VERGÉ

Il a été fait de ce livre un tirage spécial de six exemplaires, sur papier Wathman, numérotés à la presse et non mis dans le commerce.

LA

REINE ESTHER

TRAGÉDIE PROVENÇALE

REPRODUCTION DE L'ÉDITION UNIQUE DE 1774

avec

INTRODUCTION ET NOTES

PAR

ERNEST SABATIER

NIMES

ANDRÉ CATÉLAN, LIBRAIRE

11, Rue Thoumayne, 11

1877

La Tragediou de la Reine Esther,
en provençal comtadin, n'a été mentionnée
par aucun bibliographe; elle est aujourd'hui
d'une extrême rareté.

A Carpentras, où cette pièce a été représentée pendant le courant du xviii° siècle, et
où, sans doute, elle a été imprimée, il n'en
existe actuellement qu'un seul exemplaire qui
se trouve à la bibliothèque municipale, et qui
provient des livres de M. le docteur Barjavel,
l'auteur de la *Biographie vauclusienne* (¹).

(1) Cet exemplaire a été acheté par M. Barjavel, au prix de
26 francs, à la vente de la bibliothèque de M. le chevalier de B....
(Paris, 8 novembre 1866). Dans le catalogue de cette vente (librairie
de Schlesinger frères), il est inscrit sous le numéro 3347, avec la
note suivante : « 3347. *La Reine Esther, tragedion.* 15 Tevet, an de
» la création du monde 5535, in-12, V. (manq. le titre et en mauvais
» état). Rarissime tragédie, en langue provençale, imprimée proba-
» blement à Carpentras dans le siècle dernier; elle a été composée

Ce livre est un petit in-12, dont le titre, écrit à la main, porte :

La REINE ESTHER, *tragediou en vers et en cinq actes, à la lenguou vulgari, coumpousadou à la manière dei Juifs de Carpentras.* — A la Hayo, chez les Associés.

Le docteur Barjavel prévient, dans une note, que le titre a été transcrit « d'après une espèce de fac-simile fourni par M. L. de Crozet de Marseille, qui croyait être le seul possesseur de cette pièce. »

Un avis au lecteur, imprimé à la fin du volume, nous apprend que la tragédie a été composée par l'illustre rabbin Mardochée Astruc, de la ville de L'Isle, et perfectionnée et augmentée par le très-digne rabbin Jacob de Lunel, de la ville de Carpentras, le 15 Tevet, an de la création du monde 5535 (18 décembre 1774).

La langue dans laquelle la tragédie est écrite, et surtout les circonstances au milieu

» par Mardochée Astruc, rabbin de L'Isle ; perfectionnée et augmentée
» par Jacob de Lunel, rabbin de Carpentras ; ces renseignements se
» trouvent imprimés au bas de la dernière page.
 » Elle n'est mentionnée ni par Quérard, ni par Brun t, ni dans
» la *Biobibliographie vauclusienne,* ou dans d'autres ouvrages
» spéciaux.
 » Elle manquait aussi à la collection Soleinne, si riche en ouvrages de ce genre. »

desquelles elle était représentée, nous ont
engagé à la tirer de l'oubli, et à la faire connaître aux personnes qui s'intéressent aux
mœurs et aux souffrances d'un peuple qui, il
y a cent ans à peine, était encore banni du
milieu des nations ou relégué dans les juiveries. Mais auparavant il nous semble néces-
saire, pour placer la tragédie dans son cadre
historique, de donner quelques détails sur la
célébration de la fête d'Esther et sur la situation des Juifs du comté Venaissin vers la fin
du xvii⁰ siècle et le commencement du xviii⁰.

I

Depuis l'époque de la rédaction du livre
canonique d'Esther, c'est-à-dire environ trois
cents ans avant Jésus-Christ, les Juifs ont
considéré comme faisant partie des chroniques
d'Israël le roman de cette jeune fille qui, grâce
à sa beauté et à la protection d'un eunuque du
sérail de Xerxés (Assuérus), arriva à la toute-
puissance et devint, en suivant les conseils de
Mardochée, son oncle et son père adoptif, la

libératrice de son peuple et l'instrument de ses vengeances.

Dans le chapitre IX de la *Méguilah* d'Esther (¹), il est dit que Mardochée envoya des lettres à tous les Juifs qui habitaient les provinces du roi Ahaschvérosch (Assuérus), pour établir et faire célébrer tous les ans, le 14 et le 15 du mois d'Adar, l'anniversaire des jours où les Juifs avaient été délivrés de leurs ennemis, et du mois où, pour eux, « la tristesse s'était changée en joie, les jours de deuil en jours de fête, » leur recommandant de faire ces jours-là des festins, de se livrer à la joie, d'envoyer des présents à leurs amis et de faire l'aumône aux pauvres. Car Haman fils d'Hamdatha, l'Aguaguite, persécuteur des Juifs, avait résolu de les anéantir et avait consulté le *Pour*, c'est-à-dire le sort, afin de fixer le jour où il devait les exterminer. C'est pourquoi on nomme ces jours *Pourim*, du mot persan *Pour*. « Les Juifs, ajoute le texte sacré, résolurent de célébrer ces deux jours, selon ce qui était prescrit et à l'époque fixée, de génération en génération, dans chaque fa-

(1) Rouleau de parchemin sur lequel est écrit le livre d'Esther. Ce mot est au propre le *volumen* des Latins.

mille, dans chaque province et dans chaque ville, afin que les jours de Pourim ne soient pas abolis parmi les Juifs et que le souvenir s'en perpétue dans leur postérité. »

Les Juifs de nos jours suivent encore, avec la plus grande exactitude, les prescriptions de Mardochée.

Le treizième jour du mois d'Adar (le douzième mois de l'année hébraïque; il commence à la lune de Mars) on observe le jeûne qu'Esther, avant de se présenter devant Assuérus pour lui demander la grâce de son peuple, avait prescrit aux Juifs de Suse et à ses compagnes. Au coucher du soleil, les fidèles se rendent au temple pour réciter les prières du soir (Arbith). Parmi ces prières, une des plus importantes, la Amidah, est une suite de dix-huit bénédictions composée selon Maïmonides par Esra pour les enfants de ceux qui, emmenés en captivité par Nabuchodonozor, étaient nés sur la terre étrangère et commençaient à oublier la langue nationale. Cette prière, récitée à voix basse, par toute l'assemblée debout, les pieds joints et les bras croisés sur la poitrine, se termine par ces mots que les fidèles disent en faisant trois pas en arrière : « Dieu, qui fait la paix dans les cieux, l'accordera dans sa miséricorde à nous et à tout Israël, et dites amen. »

Après la dix-septième bénédiction, on intercale le *Al Hannissim* (pour les miracles) de Pourim. Cette action de grâces, spéciale à la fête d'Esther, emprunte son nom aux deux premiers mots qui la composent :

« Seigneur, nous te rendrons grâce pour les
» miracles, les merveilles, les délivrances,
» les combats, les victoires que tu as faits en
» faveur de nos pères dans ces temps et à
» cette époque. Aux jours de Mardochée et
» d'Esther, à Suse, la capitale, s'éleva con-
» tre nous l'impie Haman, pour détruire,
» tuer, anéantir tous les Juifs jeunes et vieux,
» femmes et enfants, en un seul jour, le
» treizième jour du douzième mois, qui est le
» mois d'Adar, et livrer leurs biens au pil-
» lage. Mais toi, dans ta grande miséricorde,
» tu as détruit ses projets, tu as anéanti ses
» complots, tu l'as traité comme il le méritait :
» il fut pendu à un arbre lui et ses fils. Tu
» as fait des miracles et des merveilles, nous
» louerons ton nom. »

Après la récitation des *pioutims* (poésies)

et des fragments de psaumes qui font partie
de l'office ordinaire, le ministre officiant
(*'Hazzan*) déroule la Méguilah d'Esther et en
fait la lecture à haute voix. L'assemblée en-
tonne ensuite le chant suivant :

Béni sois-tu, Adonaï, notre Dieu, roi éternel, toi qui plaides
[nos causes,
Qui as jugé nos différends et exercé nos vengeances,
Qui rends à nos ennemis ce qu'ils nous ont fait,
Et nous délivres de nos adversaires.
Béni sois-tu, Adonaï, qui délivres ton peuple Israël
De tous ses ennemis; ô Dieu Sauveur !
Maudit soit Haman ; béni soit Mardochée.
Maudite soit Zéresch ; bénie soit Esther.
Maudits soient les méchants; béni soit Israël.
Et qu'en même temps on se souvienne de 'Harbona en bien.

Pendant la cérémonie, toutes les fois que le
nom de l'impie Haman est prononcé, les
fidèles frappent du pied en signe de réproba-
tion, les enfants poussent des cris, frappent
sur les bancs ; il se produit alors dans le
temple un bruit semblable à celui que l'on
entend dans les églises catholiques le mercredi de la Semaine Sainte à l'office des
Ténèbres, lorsque le célébrant, après avoir
récité à voix basse l'oraison *Respice*, retire le
dernier cierge qui représente le Christ.

La journée du lendemain est consacrée à la

joie, aux festins et à la danse. Les familles se
visitent, se font des cadeaux, et les indigents
ne sont pas oubliés. La fête du troisième
jour, étant particulière à Suze, porte dans le
rituel le nom de *Schouschan pourim*, le pourim
de Suze ; mais dans le Comtat, comme les
femmes juives avaient coutume de suspendre
leurs travaux ce jour-là et de se réunir entre
elles, on la désignait sous le nom de Pourim
des femmes, *lou Pourim dei fumo*.

Les Juifs trouvèrent dans le récit de la
chronique d'Esther non-seulement l'institu-
tion d'une fête patriotique, mais encore une
source abondante de consolations et d'espé-
rance. Pour y faire participer les humbles et
les illettrés, tous ceux enfin qui ne pouvaient
pas lire la *Méguilah* dans le texte sacré, le
rabbin Mardochée Astruc, de L'Isle-sur-Sor-
gues, transporta sur la scène en langue vulgaire toutes les péripéties de la légende
biblique : la conjuration d'Haman, le triomphe de Mardochée et la délivrance du peuple
de Dieu. L'histoire d'Esther, mise ainsi à la
portée de tout le monde, fut représentée dans
les juiveries du comté Venaissin et devint
une des réjouissances de la fête de Pourim.

Jacob de Lunel, rabbin de Carpentras, « per-
fectionna et augmenta » l'œuvre de Mardochée
et en 1774 elle fut imprimée « afin que chacun
pût l'avoir pour une petite somme et célébrer
les ouvrages du Seigneur. » C'est sous cette
forme qu'elle est parvenue jusqu'à nous et
qu'elle fut dès lors représentée dans les juiveries du comté Venaissin.

II

Les Juifs comtadins purent ainsi oublier un
instant les misères dont ils étaient accablés
et, dans l'attente d'une nouvelle délivrance,
supporter plus patiemment leur situation
précaire. En effet, sans cesse en butte au
fanatisme de la multitude et aux insultes des
enfants, poursuivis avec acharnement par la
jalousie des marchands chrétiens, ils ne
durent d'être tolérés sur le territoire pontifical qu'à l'intervention chèrement rétribuée
de personnages haut placés à Rome et à
Avignon.

La redevance annuelle qu'ils payaient à la

mense épiscopale comme vassaux de l'évêque ne s'élevait qu'à la somme de 85 livres; mais, outre les impôts ordinaires et les contributions en faveur des hôpitaux des villes et de quelques-uns de leurs habitants ([1]), les nombreuses permissions qu'ils étaient obligés d'acheter pour se soustraire à toutes les entraves des règlements, et les sommes énormes qu'ils faisaient sans bruit parvenir aux vice-légats, ils étaient frappés de toutes sortes de tributs : 25 livres tournois lors de l'intronisation de l'évêque, pour son voyage à Rome, s'il est pris ou chassé de son palais, s'il fait une acquisition de plus de cent livres ([2]); à la réunion des états, 8 livres *patas* ([3]) aux valets de l'évêque de Cavaillon, autant aux valets de l'évêque de Vaison, autant aux valets du seigneur élu des seigneurs vassaux, et quand se tient l'assemblée « tant seulement la moitié moins (1690); » 500 écus et une pension de 35 écus pour l'exemption des corvées et de la garde (1652); contribution pour la levée des troupes ordonnée par le

---

(1) Certificat pour les Juifs, 1721.
(2) Expilly, *Dictionnaire des Gaules*, au mot CARPENTRAS.
(3) Monnaie pontificale.

pape (1708); contribution pour l'entretien de
la maréchaussée, etc., etc.; obligation de faire
présent de douze livres de sucre aux épouses
de MM. les Consuls quand elles accouchent
(ce présent devait aussi avoir lieu quand elles
faisaient des fausses couches, et était double
s'il survenait deux enfants). Dans les actes de
la ville de 1629 à 1651, les Consuls concèdent
acquit au profit de la *carrière* (¹) des Juifs
de septante livres pour chacun des Consuls
de bon et beau fromage d'Auvergne et de
Servière vieux, moitié l'un, moitié l'autre,
pour présent ordinaire que la carrière a
coutume de faire annuellement aux Consuls
à la Noël. Les septante livres de fromage
furent remplacées par le payement de 22 livres 15 sols à chacun des Consuls (²).

On peut donc dire, sans être taxé d'exagé-
ration, que les Juifs étaient considérés comme
une matière imposable à merci. Tel était le
secret de la politique pontificale. En France
le gouvernement royal les chassa, et, après

---

(1) La carrière (la rue) des Juifs, ou tout simplement la carrière.
C'est ainsi qu'on appelait dans le Comtat le quartier réservé aux
Juifs.

(2) Inventaire des archives de la commune de Carpentras.

lés avoir dépouillés, poursuivit leurs débiteurs au nom du trésor ; la Cour de Rome,
plus avisée, loin de tuer la poule aux œufs
d'or, la mit en cage.

Malgré leurs lourdes charges, les Juifs,
seuls détenteurs du numéraire au milieu
d'une population presque exclusivement
agricole, virent leur nombre et leurs riches-
ses s'accroître de jour en jour. « Ils sont si
» forts enrichis, — dit Expilly dans son
» *Dictionnaire des Gaules*, — qu'on en compte
» plusieurs qui possèdent plus de cent mille
» livres, soit en bien de commerce, soit en
» constitution de rente ; ce qui, joint à l'usure
» qu'ils exercent sans remords, les rend plus
» riches que bien des gentilshommes du pays.
» Aussi on voit avec peine infinie que des
» hommes aussi vils, qui n'ont été reçus qu'en
» qualité d'esclaves, aient des meubles pré-
» cieux, vivent délicatement, portent de l'or
» et de l'argent sur leurs habits, se parent,
» se parfument, apprennent la musique ins-
» trumentale et vocale, montent à cheval par
» pure récréation, soient servis par des chré-
» tiens de l'un et l'autre sexe ; en un mot,
» donnent dans un luxe prodigieux en tout

» génre. » Ces sentiments de haine et d'envie se traduisirent par des insultes journalières et suscitèrent des soulèvements et des crimes dont les rituels comtadins ont gardé le souvenir.

Dans les premières années du xviie siècle, les états du comté Venaissin demandèrent, sur les réclamations réitérées des marchands chrétiens, l'expulsion des Juifs du territoire pontifical et l'application de la bulle de Paul V : *Hebræorum gens*, qui en 1569 les avait bannis sous prétexte d'usure, de prostitution et de magie. *(Plerique etiam, specie tractandæ rei proprio exercitio convenientis, honestarum mulierum domos ambientes, multas turpissimis lenociniis præcipitant ; quodque omnium perniciosissimum est, sortilegiis, incantationibus magicisque superstitionibus et maleficiis dediti.)*

Cette bulle n'avait pu être mise à exécution à cause de l'impossibilité où s'étaient trouvés les débiteurs de se libérer dans les six mois qui avaient été accordés aux Juifs pour quitter le pays.

Le 8 novembre 1624, le recteur Racagna, sur une lettre du cardinal-légat François Barberin, leur assigna comme résidence spéciale les carrières de Carpentras, de Cavaillon et de L'Isle (¹). Ces trois carrières, réunies à celle d'Avignon, formèrent les *quatre saintes communautés*.

L'année suivante (1625) les Etats obtinrent enfin de Rome l'expulsion totale des Juifs ; mais, comme un délai de trois mois avait été fixé pour le recouvrement de leurs créances, les Etats demandèrent eux-mêmes un sursis de trois ans à l'expiration duquel les Juifs continuèrent à être tolérés sur le territoire, et eurent même la faculté d'habiter dans les localités qui n'avaient pas de juiverie.

En 1653, un règlement du vice-légat Cursi, révoquant toutes les autorisations précédemment concédées, leur enjoignit de se retirer dans les carrières de Cavaillon, de L'Isle et de Carpentras, dans les huit jours à partir de la publication à son de trompe du règlement, sous peine de cinq cents écus d'amende. Il leur fut défendu en même temps de prendre aucunes fermes ni arrentements d'aucuns biens fonciers, soit en leur nom, soit sous un nom supposé. Pour les surveiller avec plus de

(1) Voy. Cottier. *Notes historiques.* p. 277.

facilité, un règlement de 1658 leur défendit, sous peine du fouet, de passer la nuit en dehors de leurs rues sans la permission du vice-légat, de l'archevêque ou de son vicaire-général, et obligea les propriétaires et les locataires à murer les ouvertures qui mettaient en communication les maisons habitées par les Juifs avec les maisons des Chrétiens, sous peine de la confiscation de la maison ou d'une amende s'élevant à sa valeur, et en outre, pour les Juifs, de la peine du fouet (1).

Ces mesures rigoureuses eurent, comme on devait s'y attendre, des conséquences funestes pour le commerce des communautés. La plupart de leurs débiteurs en profitèrent pour se soustraire à leurs engagements ou pour différer le payement de leurs créances. Un grand nombre de familles juives furent réduites au plus complet dénuement.

Les *baillons* (baillis, chefs) des trois carrières se rendirent à Avignon pour présenter leurs doléances au vice-légat. Ils se plaignirent qu'ils étaient sur le point de voir leurs familles mourir de faim, s'il ne leur laissait pas la

(1) *Recueil des principaux règlements.* — Avignon, 1670.

faculté de séjourner plusieurs jours dans les villes et les villages du Comtat, et s'il ne les autorisait pas à y louer des chambres pour passer la nuit et s'épargner ainsi la dépense trop élevée des hôtelleries, où ils étaient souvent maltraités (¹).

Le 13 novembre 1657, le vice-légat Conti, accédant à leur demande, donna l'autorisation aux Juifs et Juives qui, pour le besoin de leurs affaires, étaient obligés d'aller dans les villes ou villages du Comtat, d'y louer des chambres et d'y séjourner durant trois jours par mois, non compris le jour d'arrivée et de départ. Mais il leur fut sévèrement interdit, sous peine de mille francs d'amende par chaque contrevenant, applicables au fisc de Sa Sainteté et autre arbitraire, de se trouver hors de leurs carrières pendant le jour de la Nativité ainsi que deux jours avant et après, pendant la Semaine Sainte, les fêtes de Pentecôte, la Fête-Dieu, et surtout le jour du sabbat et les autres fêtes juives qui ne pouvaient être célébrées que dans les carrières (²).

Un curieux différend, qui s'éleva à Carpen-

(1) *Recueil des principaux réglements*, p. 206.—Avignon, 1670.
(2) Ibid.

tras entre l'évêque et le recteur et fut le prélude des contestations qui amenèrent la disgrâce et finalement le rappel de ce dernier, nous renseigne sur la manière dont on séquestrait les Juifs pendant la célébration de leurs fêtes religieuses.

Ces sortes de conflits n'étaient pas rares dans un Etat où se heurtaient sans cesse les prérogatives opposées des vice-légats, des évêques et des recteurs.

L'évêque Laurent Butii éleva la prétention de faire garder la carrière pendant les fêtes de Pâques de 1698 par la compagnie des sergents qu'il venait d'organiser. Ce prélat se prévalait de ce que les Juifs avaient été de tout temps soumis, comme vassaux, à la juridiction épiscopale, et que tout dernièrement encore ils étaient venus lui demander la permission de se servir des chrétiens, depuis le mercredi de la Semaine Sainte jusqu'au samedi, pour leur porter de l'eau, du feu et autres choses nécessaires. Pour s'opposer aux empiétements de l'évêque, le recteur Flavius Barbarossa fit dresser procès-verbal par le greffier en chef de la cour suprême de la rectorie, à l'effet de constater que cette année-là, comme les années précédentes, la carrière avait été gardée par ses sergents et que ceux-ci avaient même l'habitude d'assister à toutes les cérémonies juives, telles que funérailles, circoncisions, etc.

Le 25 mars, sur l'ordre du recteur, le sous-viguier et quatre sergents se transportent à la carrière des Juifs. A six heures du soir, le greffier de la rectorie se rend sur les lieux et ordonne au portier Jean de Base, dit Cacole, de remettre les clefs aux sergents. Ceux-ci, après avoir fermé la porte de la place de la juiverie, à la réserve de la poterne, font la garde jusqu'à nuit close, tandis que deux d'entre eux se tiennent à la porte opposée. La nuit venue, les sergents retournent au palais de la rectorie, rendent compte de leur mission, et reçoivent du recteur l'ordre de faire le lendemain pareille garde.

Le 26, le sergent trompette et crieur public de Carpentras proclame à haute et intelligible voix, son et cri de trompe précédant, dans tous les carrefours de la carrière des Juifs, que par mandement du recteur et à l'instance de noble et illustrissime messire l'avocat et procureur général de N. S. P., il est défendu aux Juifs de sortir de la carrière jusqu'à samedi prochain deux heures de l'après-midi, sous peine de la prison et autre arbitraire.

Le 27, le recteur fait dresser procès-verbal de l'enterrement d'un juif. Le vice-greffier s'étant transporté à la porte de Mazan, constate qu'un sergent de la rectorie accompagne le convoi.

Le 28, le vice-greffier fait savoir aux baillons et aux Juifs assemblés par ordre dans *l'escole* (la synagogue), et déjà consignés dans leur carrière jusqu'au lendemain samedi à deux heures de l'après-midi, que le recteur leur interdit d'en sortir jusqu'à nouvel ordre sous peine de la prison et autre arbitraire. Ce jour-là, celui-ci fait constater par déposition de témoins que, contrairement à la prétention des sergents de l'évêque, les sergents de la rectorie ont toujours assisté aux circoncisions, mariages, enterrements et autres cérémonies juives, pour éviter les inconvénients et les désordres qui pouvaient s'y produire.

Le 31, la provision d'eau qui avait été faite étant épuisée, les baillons Mossé Laroque et Isaac Naquet vont supplier le recteur de les autoriser à sortir de la carrière, et de leur faire remettre les clefs des portes qui sont entre les mains des sergents. Il accède à leur demande, et fixe les peines et vacations prises par les cinq sergents pour la garde des portes pendant trois jours à deux écus et demi patas.

Un procès-verbal de l'année suivante (1699) nous apprend que le mercredi saint, 15 avril, les mêmes mesures furent prises par le recteur, et que les sergents gardèrent les portes de la juiverie jusqu'au samedi saint deux heures après midi (¹).

Quoique les documents que nous venons de résumer ne s'occupent que de la Semaine Sainte, il est hors de doute que la même surveillance s'exerçait pendant les autres fêtes religieuses, et principalement pendant la fête de Pourim qui se terminait par des manifestations joyeuses, des danses et des travestissements, et dans laquelle une représentation dramatique était donnée en plein air au milieu de la carrière de Carpentras.

La communauté de cette ville était la plus

---

(1) Chancellerie de la Rectorie, collection Firmin, 5. — Bibl. de Carpentras.

importante du comté Venaissin. Le quartier
qu'elle habitait, et que les Juifs désignaient
sous le nom de Messilah (le sentier), lui avait
été concédé par le conseil municipal le 21 oc-
tobre 1486. Il était fermé à ses deux extrémi-
tés par des portes, conformément à la bulle
de Paul IV, *cum nimis absurdum*, et consistait
en une seule rue étroite au milieu de laquelle
s'ouvrait une impasse en forme de parallélo-
gramme, connue sous le nom de la *foundudo*
(la profonde), où se trouvait le four qui servait à faire cuire les pains azymes de Pâque.

De nos jours une large voie ouverte sur cet
emplacement a donné de l'air et du soleil à ce
quartier insalubre. Vers le milieu du xviii°
siècle sa population s'élevait à environ deux
mille âmes. Il était interdit à cette population
qui ne cessait de s'accroître de franchir les
barrières de l'enclos; aussi les Juifs furent-
ils obligés d'exhausser de plus en plus les
maisons de la Messilah en ajoutant étage sur
étage, pour racheter en hauteur l'espace qui
leur était refusé en superficie; celles qui
subsistent encore de nos jours, construites sur
un modèle à peu près identique, peuvent
donner une idée de la physionomie de la

Messilah au siècle dernier. Ces maisons avaient de quatre à cinq étages qui appartenaient en général à des propriétaires différents ; des communications ménagées entre elles permettaient aux habitants d'échapper en cas d'émeute à la poursuite de leurs agresseurs. De hautes fenêtres, sans aucune saillie extérieure, laissaient pénétrer dans les appartements le peu de jour que fournissait l'étroite rue ; le rez-de-chaussée était occupé par des boutiques surbaissées où les Juifs tenaient les marchandises que les règlements leur permettaient de vendre ; une petite porte cintrée, précédée de quelques marches, laissait voir à l'intérieur un escalier à quartiers tournants qui conduisait aux étages supérieurs. Il y avait cependant un grand nombre de maisons auxquelles on arrivait par une allée longue et obscure aboutissant à une cour où s'entassait la population misérable de la communauté. Parmi ces cours la seule qui fut dallée a conservé, dans le souvenir des Juifs de Carpentras, le surnom de son propriétaire : elle était appelée *lou barda de Cacan* (le pavé de Cacan). On y entrait par une allée qui se trouvait entre la *foundudo* et la sortie de la Messilah vers la porte de la ville dite de Mazan.

A quelques pas de la porte de l'ouest qui donnait sur la place de la juiverie, la Messilah faisait subitement un angle droit au fond duquel se trouvait le *Mureou* (Miqveh), c'est-à-dire la piscine où les femmes juives allaient faire les ablutions prescrites par la Loi et le Talmud. Tout auprès un escalier conduisait à l'*escolo* (la synagogue). Ce temple sert encore aujourd'hui au culte; sa façade est d'une apparence modeste et se distingue peu des maisons qui l'avoisinent. Pour obtenir la permission de réparer le petit escalier de sa porte d'entrée, la communauté fut obligée de verser la somme de huit cents livres entre les mains de Monseigneur Dom Malachie d'Inguimbert. Ce savant prélat, qui a laissé dans sa ville natale de si grands souvenirs de son administration et de sa munificence, avait déjà, au commencement de son épiscopat, fait connaître aux Juifs toute l'étendue de son pouvoir. La synagogue, dont les dimensions avaient été fixées en 1367 par l'évêque Jean Rogier, était devenue trop étroite pour contenir le nombre toujours croissant des fidèles, et la communauté, plus riche et plus prospère, désirait depuis longtemps en pos-

séder une plus somptueuse. Elle parvint enfin
à prix d'argent à obtenir du vice-légat l'autorisation d'en bâtir une nouvelle. Le plan
fut confié à l'ingénieur Antoine d'Allemand,
l'architecte de l'Hôtel-Dieu et de l'Aqueduc
(1743) (¹). Pendant que l'édifice se construi-
sait, il vint aux oreilles du prélat qu'au grand
scandale des Chrétiens les Juifs s'enorgueil-
lissaient de ce que leur temple s'élèverait
au-dessus de Saint-Siffrein et de l'église des
Visitandines qui étaient dans les environs.
Inguimbert leur enjoignit d'avoir à cesser
sur-le-champ les travaux. Soutenus par le
vice-légat, les Juifs ne tinrent pas compte des
ordres de l'évêque; Inguimbert alors envoya
à Rome un secrétaire de l'évêché pour porter
sa plainte devant la congrégation du saint-
office. Dès qu'il apprit que la congrégation
avait approuvé sa conduite et qu'il fut sûr
de son appui, il convoqua tous les maçons
de la ville, les conduisit dans la Messilah
et présida lui-même à la démolition du temple (²).

(1) *Archives de la Rectorie, 5.*
(2) *Mémoire historique sur la vie de Malachie d'Inguimbert,*
par l'abbé O. D. Fabre, de Saint-Verain, avec notes, par M. Farjavel,
p. 195.

La Messilah faisait après l'*escolo* un nouvel angle et se dirigeait en droite ligne vers la porte opposée en laissant la *foundudo* à droite. Entre la *foundudo* et l'allée de cette porte, non loin du *barda de Cacan*, la Messilah s'élargissait et formait une place qui servait à la communauté de lieu de réunion et de promenade.

C'est sur cette place que tous les ans, le jour de Pourim, après le repas du soir, la tragédie d'Esther était réprésentée. Rien n'était négligé pour rehausser l'éclat de cette fête à laquelle prenait part toute la population de la Messilah. Une haute estrade couverte de tapis, adossée au mur du fond, servait de théâtre ; les acteurs improvisés cherchaient à se distinguer par la richesse de leurs costumes, et les spectateurs, groupés sur la place autour de la scène, ou bien du haut des fenêtres des maisons voisines, comme d'autant de loges, assistaient à la représentation, et, sous la garde des sergents du recteur, applaudissaient avec enthousiasme au triomphe de Mardochée et au châtiment infligé aux ennemis d'Israël.

La Tragédie d'Esther cessa d'être jouée lors-

que l'assemblée du comté Venaissin, adhé-
rant à la Déclaration des droits de l'homme
faite par l'Assemblée nationale de France,
accorda aux Juifs les droits civils (28 octo-
bre 1790), et décréta qu'ils cesseraient d'être
distingués par l'ignominieux chapeau jaune
que le décret de Clément VII (1527) leur im-
posait de porter dès l'âge de treize ans.

L'année suivante (14 septembre 1791), les
Etats d'Avignon et le comté Venaissin furent
réunis à la France; les Juifs dès lors quit-
tèrent en grand nombre les juiveries com-
tadines et vinrent porter leur industrie à
Marseille, à Aix, à Nimes, etc.

III

La note qui est à la fin de la tragédie nous
apprend qu'elle fut composée par Mardochée
Astruc de L'Isle, mais ne nous fait pas connaître l'époque de sa rédaction primitive.

Zunz, dans un chapitre consacré aux rab-
bins provençaux (1), se borne à dire que Mar-

(1) Zunz, zur geschichte und literatur, I, 473.

dochée vivait vers la fin du xvii° siècle et qu'il composa le *Nischmath*, dont nous parlons plus loin. Quant à Jacob de Lunel, le savant allemand se trompe en le confondant avec un médecin du même nom qui vivait à Carcassonne dans le courant du xiv° siècle ([1]). On trouve de ce rabbin, dans le *Seder hatthamid*, I, 78 ([2]), une complainte qui se récitait le lundi et le jeudi à l'office du matin et dont voici le titre : « *Té'hinah* (complainte), composée par le sage, le parfait, la couronne des » vieillards, maître Jacob de Lunel ; les ini- » tiales des versets sont : Jacob Iar'hi ([3]). »

Les rituels comtadins nous ont conservé deux poésies qui portent le nom de Mardochée Astruc. L'une d'elles se trouve dans le *Seder learba tzoumoth* ([4]), pag. 139 v., et porte seule la date de sa composition. Cette pièce appartient au genre d'hymnes que la synagogue appelle *Nischmathim* parce que chaque strophe commence par le mot *nischmath* (âme). Elle est précédée de ce titre : « *Nischmathim* » composés sur le miracle fait en notre faveur le

(1) Zunz, zur geschichte und literatur, p. 450.
(2) Recueil de prières quotidiennes.
(3) *Iar'hi*, de la ville de Lunel, de *iaréa'h*, lune.
(4) Recueil pour les quatre jeûnes.

» 9 nissan, 5442 de la création (mars-avril 1682)
» à propos du Juif qu'ont tué les Chrétiens ([1]),
» par l'honorable 'hakam (sage) Mordekaï As-
» truz; son nom se trouve en tête des strophes. »
Le cadavre d'un Juif assassiné avait été retiré
des eaux du Lauzon; tandis que la communauté poursuivait devant les tribunaux la
condamnation du coupable, la populace sou-
levée se répandit dans la Messilah en profé-
rant des cris de mort et des menaces de
pillage. Plusieurs Juifs furent blessés à coups
de pierres. Le recteur Michel Antoine, comte
de Vibo ([2]), fut obligé de se transporter lui-
même sur le lieu de l'émeute et fit garder
pendant trois jours la carrière par ses sol-
dats. Pour remercier Dieu de l'assistance
qu'il avait prêtée dans cette occasion à la
communauté de Carpentras, Mardochée Astruc composa un hymne d'actions de grâces
qui se chantait tous les ans dans la synagogue à l'anniversaire de l'événement.

L'autre poésie de Mardochée se lit dans le
Seder hatthamid, pag. 123 *v*. Ce *piout* (poésie),
dans lequel un vers provençal alterne avec

(1) *Haoumoth*, les nations.
(2) Le rituel l'appelle Beibo.

un vers hébreu, a été composé longtemps
avant la publication du rituel. Il se chantait
en signe de réjouissance la veille de la Circon-
cision. Chaque couplet commence par une
lettre du nom du rabbin (¹).

La tragédie fut probablement composée
après ce piout, dans lequel Mardochée avait
déjà célébré les exploits d'Esther et de son
père adoptif ; mais il nous paraît difficile de
fixer la date de son apparition. La pièce
même a subi de tels remaniements qu'il n'est
guère possible de déterminer ce qui appartient à l'un ou à l'autre rabbin.

Après l'avertissement du trompette, qui à
la première scène ouvre l'action comme dans
le *Ludus sancti Jacobi* (²) et remplit l'office du
protologos dans le théâtre antique, se trouve
un dialogue entre le roi et ses princes, où il est
parlé d'un roi de Danemark qui aurait com-
battu toute l'Allemagne : faut-il voir ici l'écho
lointain des premiers succès de Charles XII ?
L'auteur invoque le témoignage d'un mar-

(1) Voy. *Chansons hebraïco-provençales*, p. 17. Mardochée Astruc
paraît être aussi, contrairement à la supposition de Zunz, l'auteur du
piout page 14. Voy. les *Archives israélites*, mai 1875.
(2) Bartsch. *Chrest prov.*, p. 399.

quis (¹) qui avait pris part à la guerre et dont
le nom sans doute était connu de tous les
spectateurs. Mais nous ne saurions recon-
naître dans les faits tels qu'ils sont énoncés
par le premier prince un événement historique déterminé qui pût nous servir à fixer
avec certitude la date de la pièce originale.

On voit par la note de l'éditeur imprimée à
la suite de l'ouvrage que Jacob de Lunel a
donné à la tragédie sa forme définitive. Ce fut
lui sans doute qui, cédant au goût du temps,
divisa en cinq actes l'œuvre de Mardochée et
lui donna le titre pompeux de : *Tragediou de la
Reine Esther*. La pièce en effet était primitive-
ment connue sous le nom de *Lou jo de Haman;*
et ce titre, qui lui convient de tout point, nous
avertit dès l'abord qu'elle ne doit en aucune
façon être comparée aux ouvrages drama-
tiques qui à cette époque illustraient la scène
française, et qu'elle n'a rien de commun avec
la tragédie de Racine qui porte le même nom.
Il serait plus exact de la rapprocher de ces
drames ecclésiastiques qu'on appelait au
moyen âge des *Mystères*, et qui étaient desti-

(1) L'auteur voudrait-il désigner le marquis Fornier d'Auitane?
Voy. Pithon-Curt., tom. IV.

nés à l'amusement autant qu'à l'édification
des spectateurs.

La coutume s'est conservée jusqu'à notre
époque dans quelques localités de la Provence,
et notamment à Marseille, de jouer tous les
ans, pendant les quarante jours qui séparent
la fête de Noël de la Purification, de petits
drames religieux mêlés de chants, qu'on
appelle des Pastorales, et où sont représen-
tées les différentes scènes de la Nativité. Ces
drames naïfs, qui servent souvent de thème à
la verve narquoise d'un poète de circonstance,
et les *Noëls* de Saboly, dont le succès s'était
répandu à la fin du XVIIe siècle dans presque
tout le sud-est de la France, servirent de
modèle à notre rabbin. En effet, loin de se
préoccuper de ce qu'on appelle le style et de
« l'heureux choix de mots harmonieux, »
il se contenta d'employer la langue qu'il
entendait parler autour de lui. Son principal
souci fut d'introduire des prières et des
maximes bibliques dans la paraphrase d'un
livre où le mot « Dieu » n'est pas prononcé
une seule fois, de façon que son peuple pût,
comme les Chrétiens au milieu desquels il
vivait, célébrer en langue vulgaire l'épisode

le plus populaire de son histoire religieuse,
et supporter ainsi avec plus de patience
l'état de servitude et d'abjection dans lequel
il était tenu.

Si maintenant on jette les yeux sur le
texte de la tragédie, on s'aperçoit bien vite
que la langue française a déjà depuis longtemps envahi le domaine méridional, et
que la langue provençale, jadis si cultivée,
a cessé d'être littéraire et n'est plus qu'un
patois à l'usage du menu peuple et des gens
illettrés.

L'auteur, sur la copie duquel la pièce a dû
être imprimée, ne montre pas une grande
habileté dans l'écriture de la langue qu'il
parle. A part les mots qu'il emprunte directe-
ment à la langue française, il suit en beaucoup
d'endroits l'orthographe de cet idiome sans
se préoccuper de la prononciation provençale.
Il écrit, par exemple, *femme* et non *fumo*,
comme on prononce encore aujourd'hui et
comme la rime l'exige. Dans les syllabes
atones qui terminent les mots, il hésite entre
l'*e* muet français et la diphtongue *ou* plus
conforme à la prononciation. Depuis la fin
du xvie siècle le dialecte comtadin avait

perdu la désinence féminine représentée dans
l'ancien provençal par la lettre *A*, et avait
remplacé la voyelle de la syllabe posttonique
par un son muet aujourd'hui représenté par
la lettre *O*.

En faisant abstraction des nombreux galli-
cismes et des incorrections orthographiques,
on remarquera que *L* à la fin des syllabes se
vocalise en *U*. Ce changement, considéré par
les *Leys d'amor*, II, 208, comme un provincia-
lisme gascon (*quar leumen li Gasco viro e mudo
L cant es en fin de dictio en U*), est général dans
notre texte : *ousseoux, tau, mousseou, maou, eou*
(el), *caou* (col), *beou, peou, aoutrouquida*, etc.
La diphtongue *ei* remplace *ai* : *eima, leissa,
cisso*, comme l'avait déjà remarqué Diez,
Grammatik, I, 107. Elle est aussi l'adoucisse-
ment de l'*I* du dialecte du Rhône : *eissi* (ici),
meichant ; dans les formes plurielles des deux
genres : *leis, eis* (aux), *meis, nosteis, vostei,
seis, touteis ;* et dans les adjectifs au pluriel
féminin : *bonei, paourei*. La nasale *N* subsiste
à la fin des mots comme dans tous les dialectes
du sud-est : *resoun, deman, compassioun*, etc.
V se place devant l'*O* initial tonique venant
de *U* latin : *vounte* (unde). L'*O* latin bref

tonique se diphtongue comme dans le dialecte
des bords du Rhône (¹).

L'article a conservé au singulier l'ancienne
forme *lou* (lo), *la;* mais au pluriel il devient
leis pour les deux genres. Le pronom possessif
soun est toujours mis à la place de l'ancien *lor,*
en français *leur,* de *illorum.* Le relatif *qui*
devient *quu* comme dans le Quercy : *Qu'és
abas que demande? Qu'u l'assuré?*

Le verbe auxiliaire *estre* prend au parti-
cipe passé emprunté au verbe *stare* un *I* pros-
thétique que l'on retrouve dans l'ancienne
langue et dans les textes latins du moyen âge :
ista, istade. Dans l'imparfait *eria* un *I* s'est
introduit par fausse analogie (²). La seconde
personne du pluriel du présent de l'indicatif
devient *sia* par analogie avec la première
personne, *siam,* italien *siamo :* « *Haman, vous
sia ben fa espera.* » A la seconde personne du pluriel le *S,* ancien *tz,* est supprimé; le *Z* que l'on
rencontre souvent n'est qu'une imitation de
l'orthographe française : *vous sia, voulé, avé,
assela-vous, mangea et bevé.* Le *S* tombe aussi

1) Voy. le mémoire de M. P. Meyer sur l'*O* en provençal *(Mém.
de la Société de linguistique de Paris,* t. 1, p. 145.)
(2) Voy. Chabaneau, *Gramm. Limousine,* Revue des langues
romanes, 6, 190.

dans les participes passés dérivés des participes
latins en *sus* : *ai compré, ai pré, ai appré*. Les
Provençaux traitent de *siblaïres* (siffleurs) les
Languedociens qui prononcent cette lettre à
la fin des mots. Les verbes n'appartenant pas
à la première conjugaison prennent un *G* dur
au parfait : *rengué, paregué, fugué, vegué*, etc.
Cette forme, que l'on trouve dans l'ancien
provençal à côté des parfaits dont la troisième
personne du singulier porte l'accent tonique
sur le radical et qui sont terminés par un *C*,
s'étendit peu à peu à d'autres verbes dans
plusieurs dialectes. Le *G* dur reparaît dans
la plupart des subjonctifs. Le *T* final des
participes passés ne se prononçant pas est
supprimé ; nous avons dit qu'il en était de
même de l'*S*.

Ces observations générales suffiront, sans
doute, pour démontrer que la langue de notre
texte est un sous-dialecte intermédiaire entre
le *parler* de Marseille et celui du Rhône,
lesquels forment, comme on sait, avec le *parler*
de Nice, les trois principaux dialectes de la
Provence. Elles prouveront aussi que le
comté Venaissin, quoique soumis à la domina-
tion d'un prince étranger, n'en était pas moins

entraîné, comme les autres provinces du Midi, dans le grand courant de l'unité nationale.

Dans toute la tragédie on ne rencontre pas un seul mot emprunté au patois mêlé de mots hébreux à flexions provençales, que parlaient habituellement entre eux les Juifs comtadins; mais au commencement du troisième acte, les conspirateurs, pour dissimuler leur complot, se servent d'un jargon bizarre assez semblable à l'Italien des matassins ou des Turcs de Molière. Nous avons essayé de le traduire en note. On retrouve dans la bouche du médecin chargé de vérifier le poison destiné au roi, un jargon analogue, plus facilement intelligible et dont la traduction nous a paru inutile.

Pour ce qui est du texte même de la tragédie, il offre peu de difficultés; nous donnons dans les notes le sens et l'étymologie des mots tombés en désuétude ou qui s'éloignent de la langue française. Les personnes peu familiarisées avec l'idiome populaire du Midi, qui voudraient lire ce petit ouvrage, trouveront, croyons-nous, dans ces notes et dans les remarques qu'on vient de lire, tous les éclaircissements nécessaires.

En terminant, nous rappellerons au lecteur que la *Tragediou de la Reine Esther* emprunte son principal intérêt aux circonstances et au milieu qui l'ont vue naître. Elle peut cependant, si on la considère au point de vue philologique, fournir quelques renseignements utiles pour l'étude des dialectes de la Provence et l'histoire de sa langue au siècle dernier, car, « de même que l'histoire politique doit contenir autre chose que les annales des maisons souveraines, l'historien du langage ne doit jamais perdre de vue les couches plus humbles du langage populaire d'où sont sortis les idiomes privilégiés, et qui seules les soutiennent et les nourrissent. » (MAX MULLER, *Science du langage*).

TRAGEDIOU DE LA REINE ESTHER

LA

REINE ESTHER

TRAGEDIOU

EN VERS ET EN CINQ ACTES

A LA LENGUOU VULGARI

coum.pousadou

A LA MANIÈRE DEI JUIFS

DE CARPENTRAS

————◦◦◦————

A LA HAYE

CHEZ LES FRÈRES ASSOCIÉS

LA REINE ESTHER

ACTE PREMIÉ (¹).

Scenou premierou.

—

LOU TROUMPETOU.

Yeou sieou eici per faire la cride,
Chascun su pene de la vide,
De se teni tout prepara,
Quand noste bon Rey sourtira.
Rendez-y hounour et houmage, —
Sarez exemts de soun doumage ;
Et mettez vous tout aderré (²)

---

(1) La présente édition est entièrement conforme à celle
de Carpentras ; nous nous sommes cependant permis de
rectifier la ponctuation lorsque l'intelligence du texte nous
a paru l'exiger.

(2) *Aderre*, *adarre*, en rang, l'un à la suite de l'autre.
Anc. prov. *reng*, *arren*, *ranz* ; comp. en ir. *à la ran-
gette*. — Voy. Littré à ce mot. Dans le VII⁰ Noël d'Antonin
Peyrol : *Au tour dos ouro a de reng*, ils ont joué (des
orgues) deux heures de suite.

Et cridarez vive lou Rey.
M'en vaou retourna proumptamen,
Pourrié sourti subitamen.
— De ce que vous ai dit prenez-vous garde,
Yeou sieou un de seis Sauve-garde.

LOU REY ET SEIS PRINCES.

LOU REY.

— Mey Princes, que se dit de la guerre ?

LOU PREMIÉ PRINCE.

— Sire, ya une grande guerre su la mar,
Disoun que lou Rey Dannemar
A fa une furieuse campagne,
A coumbattu toute l'Allemagne,
Vounte sey fa de grands counquis,
Per témoin, Moussu lou Marquis
Que s'est trouva ou cor de l'armade.

SECOND PRINCE.

— S'en souventran de la journade.

LOU REY.

Yeou Asveros, Rey de Perse,
Qu'ai counquista per moun adresse
Cent et vingt-sept coumta,
— Ma grandour se paou pas coumta.
Un rey de grande magnificence,
Chascun me rend onbeissenco.

Mey Princes, vous vole trala
Coume porte ma qualita.
Entras amé (¹) yeou en persoune ┌──
Ou jardin dessoute la touno (²),
Veirez de fort beoux pavillouns,
L'or et l'argent es ou billoun (³).
Mey Princes, eisso esti pouli ? ─

LOU PRINCE.

Sire, sian touteis refoulis (⁴);
Vostes obres sount dignes de louange,
Noun pas d'un Rey, siben d'un Ange.
N'aven jamai vis un affaire pareil,
Surpasso l'ordre naturel.

LOU COUSINIÉ.

Messieurs, lou Rey doune permissioun
En toute sorte de natioun,
A tous Princes et domestiques,
Que chascun mange a la Fabrique.
Mangez et buvez à voste mode
Chascun ce que vous accoumode,
Es ansin que lou Rey entend,

(1) *Avec,* anc. prov. *ambe,* de *apud.*
(2) Sous la tonnelle.
(3) L'or et l'argent n'ont pas plus de valeur que la monnaie de billon. — On trouve la même expression dans *Saboly,* Noël LIV :

>   *Un jardinié de Caraloun*
>   *A di que l'or ero au bihoun.*

(4) Charmés, fous de joie.

Que res s'envague maou counten (1).
Anen, Messieurs, bon courage,
Mangez, buvez, que res vous empache,
Pendent sept jours tout aderré,
Din la cour dou jardin douré (2).

LA REYNE VASTY *a seis Princesses.*

Qu'es aco qu'entendè tant de vacarme?

LA PRINCESSE.

Se veslas, Madame, es un charme.
Sabe pas si eici regne quaque pax,
Lou Rey prepare de grands repas.
Leis cousiniés sount en fatigue,
Oussi lou mestres de boutigue (3)
Vounte se porte de grand liquour.
Lou Rey regale ben sa cour.
Ya sept ou huit jours per lou men
Que se fay de grands divertissamens.

LA REYNE.

Yeou Vasty, Reine sans pareille,
Vous vole trata à la marveille
Dedin moun grand appartamen,
Meis Dames, fort hounestamen,
Amé tout plesi et delices
Coumou a fa lou Rey à seis Princes.

(1) Que personne ne s'en aille mécontent.
(2) Corr. *dou rey,* du roi.
(3) Cave ; le latin *apotheca* a ce sens.

Ai pres envegeou aques matin,
Quand lou Rey a fa soun festin ;
N'en vole prendre lou moudelou
Per n'en faire outant à meis Damisellou.
Anen (¹), meis Dames, à la dinadou,
Mangeas de ce que vous agradou,
Fasez à voste voulounta,
Ya ben de que vous countenta :
Ya de perdrix et de becassou,
Vous ai chousi la meilloure cassou.
Sabe qu'amas leis bons ousscoux,
Courage, fasez gros mousseou.

LOU REY *a seis Princes.*

Courage, mes amis, jounessou,
Sias-ti counten ? digas, noublessou,
Oujourd'hui qu'es lou dernié jour
Vous farai veire un beou sejour.
Hol moun ami, moun avant-garde,
Prend à la man toun alabarde
Et vai-t'en dire a Vasty
Que vengue eici sen se vesti ;
Que chascun admire sa faco,
Soun davant qu'a tant de grace,
Et toutei sen se mescounta (²)
Diran qu'ei la plus belle beouta.
Fai vite tant que sicou din moun repas.

(1) Allons.
(2) Sans avoir de mécompte.

LOU PRINCE.

Sirou, l'y vaou d'aqués pas.

LOU REY.

Et vene leou (¹)!

LOU PRINCE *en sanallant*.

Sabe pas que dire, beleou (²)
Noste mestre lou vin lou gagne,
De tems en tems ba la campagno.

LOU PRINCE *a Vasly*.

Madame, vous demande pardoun de la liberta,
Sirou lou Rey, Sa Majesta,
M'a dit de vous lou veni dire,
Sabe pas si lou fai per rire
Ou si de vin es trop carga,
M'a fa veni affatigua,
Per vous announça la nouvelle.
Dis qu'a seis yeux sias la plus belle,
Faou veni ame hieou (³) proumptament,
Nusou, sens habillement.
Ourez l'hounour qu'à l'assembladou
Diran que sias la mieou (⁴) creadou
Que ya dessoutou lou souleou.
Fasez vite et venez leou.

(1) Vite, lat. *lere*.
(2) Peut-être.
(3) Avec moi.
(4) La mieux.

VASTY *aou Prince.*

Oudacioux, plen de suffisençou,
Quoique deves l'oubeissençou
Ou Rey et a sa Majesta,
As l'oudace de te presenta
Ver une Reyne de moun elevatioun,
Et me faire tale proupousitioun ?
Lou Rey, changeatis et frivole,
D'entendre touteis seis paroles
Me farié mettre en colère.
Qu'une reine de moun caractère,
Ver touteis leis Princes daou Gouvernement
Me presentesse sens habillement !
Amarieou mai estre punidou
Avant que faire parla de ma vidou.

LOU PRINCE *à Vasty.*

Madame, aco vous estounou,
Quand lou Rey vaou voste persounou
Per faire veire voste beouta
En tous leis Princes des Etats,
Cresez qu'aco vous porte doumage ?
N'en tirarez que d'avantage :
Leis Princes que vous veiran de prés
Voudran tira voste pourtrait.
De voste persounou luminousou
Touteis leis Dames saran affrousous
Quand se mettran de devant vous.
Fasez vite, despecha-vous.

LA REYNE VASTY.

Teis coumplimens me sount d'injure ;
Creses qu'amé toun impousture
Et teis discours remplis de ruse
Me seduiran a y ana nuse !
Une reine de ma naissence
Devendra sen hounour et sen prudence !
Se sabieou de perdre la couroune,
Sacrifiarieou puleou ma persoune
Que d'accourda un tau dessen.
Faou que lou Rey siege sen sens
De se mettre à naquel (¹) hasart.
Hieou sieou fille daou Rey Balthasar
Qu'érou un homme de grand vaillantise ;
Jamai n'a fa oucune soutise,
Ben qu'ague fa de grands festins.
Tire-te d'eici, sot mastin,
L'y vole pas ana.

LOU PRINCE en sanallant.

Lou Rey vai ben estre estouna.

LOU PRINCE aou Rey.

Sirou, la Reyne vous refuse.
M'a dit : beleou lou Rey rabuse (²)

---

(1) *An aquel*, à ce.
(2) Radote, anc. prov. *rebusar.* — *D'omes say ques ran rebusan*, Bertrand Carbonel dans *Bartsch. Chrest*, prov. 265,32. — Du gaelique *rabhd*, même signification. — Voy. Diez Et. W., ii, 415, au mot *Rêve.*

De l'y proupousa un tau discour.
M'a fa sourti de la cour ;
Me voulié douna su lou visage,
De paou n'ai perdu courage,
Me sieou entourna proumptamen,
Sieou ista eici din lou moumen ;
L'y tourne plus.

LOU REY *a seis Princes.*

Me vequi (¹) ben counfus
D'avé agu un tau refus :
Per une femmou es ben ardidou,
Faou qu'eisso l'y coste la vidou.
Anen, Messieurs d'aou Parlamen,
Cachas pas voste sentimen ;
La pode plus veire en pinture.

LOU PRINCE *aou Rey.*

Sirou, per la Ley et per l'Escriture
Ya ren de plus certain,
Aco es ista de tout tems,
Un homme a toujours gouverna sa femmou.
Sarié une marridou coustumou ;
Nou l'y foudrié teni de cour.
Touteis leis dames de la cour
De la Reyne prendrien exemple,
Cassarien seis hommes daou Temple ;
Ben licun de nous pourta respect

(1) Me voici.

Nous tendrien soutou reis peds.
S'apprestarié ben tale sausso,
Leis femmes pourtarien leis causses.

LOU JUGE *aou Rey.*

Sirou, leis femmes an l'esprit fort malin,
Car si lou genre masculin
Leisson noste dré de naturo,   ·
Nous mettran à platte couturo.
Es de lieun que l'homme doumino :
Depuis lou peca d'ourigine
Dont lou serpent grand séductour,
Amé seis ruses et seis detours,
Tenté la mère premitive.
La peçou justificative
Es à la Genèso chapitre cinq ;
L'attenour (¹) d'aou chapitre es ansin.
D'aqui la Sante Escriture décide
Cause de tout grand houmicide
Sara punido incessamment
Et privado de gouvernament.
Doun, la Reyne, quoique puissanto,
Su lou moutif de la Ley Santo,
En parten d'aques moument
Subira nosto jugeamen :
Habits rouyaux et la couroune
Se tiraran de sa persouno

(1) La teneur.

Exilado de tout Etat
Et excluse de la rouyouta.
Es ista toujour de resoun
Qu'un homme din sa mesoun
Es ista mestre de sa femme ;
Aco es escrit amé la plume
Qu'es plus counten de n'en gis (¹) avé
Que si manquave à soun devé.
Puisqu'aven lou poudé en man,
Que siege hieui ouben deman,
Per puni une tale ruse
Faou que subigue la mort nuse.
Foudra doun mettro en usage,
Aco fara un avantage
Per leis hommes à l'aveni,
Que seis femmes fagoun puni
Quand voudran suivre seis passiouns,
De gis avé des coumpassiouns ;
Car si souffrissian ce que nous fan,
De que dirien nostcis enfans :
Moun père erou bonei gen,
Ma mère ganiavou d'argen
A dré, à gauche, à travers,
Sen regarda ni endré ni envers.
Si lou Rey trove a prépau,
Et vous autreis, Messieus Principaux,

(1) *Gis, ges, gens,* particule négative, de *genus.* — Voy.
G. PARIS, *Mémoires de la Soc. de ling.,* I, 189.

Si ma sentençou vous agradou,
Ourdoune que fugue gettadou
Din un flo ben alesti (¹),
Que se parle plus de Vasty,
Et pertout vounte lou Rey douminou
Faire publia sa rouinou,
Et que tous leis chefs de mesoun
Tengoun seis femmes en resoun.

LOU REY *aou Juge*.

Sieou fort counten de ta sentence.
Fasez l'y mettre diligence,
Et de ma par faire la cridou
Que Vasty es istade punidou.

LA TROUMPÉTOU.

De par lou Rey vous faou mensioun,
De quinte qualita et counditioun,
Agoun à gouverna seis femmes
Et de l'y mettre bonnei coustume ;
Agoun pas a lei desmenti
Coume a fa la Reine Vasty.
Femmes, hounoura vostei mari,
Autroumen vous farian mouri
D'une mort rude et cruelle,
Coume an fa à Vasty la rebelle.

(1) Bien préparé ; it. *allestare, allestire.* — Pour l'étymo-
logie voy. Diez au mot *lesto*, Er. W. t.
  Pòu alesti lou bouiabaisso,
  (Elle peut apprêter le bouillabaisse)
                              (Mirèio, c. VIII.)

CANSOUN à *la Reinou Vasly.*

A desmenti la Reinou Vasly
Aou Rey la demande d'ana à l'assemblade :
Per sa punitioun
Daou marri actioun,
Uno mort cruelle sensou coumpassioun;
Et à l'aveni de plus entreteni (¹),
Leis femmes rebelles de faire puni.
Lou Rey l'a ourdouna,
Lou Rey l'a ourdouna,
Et l'ordre an douna.

Fin daou premier Acte.

—

ACTE II.

Scenou premiere.

—

LOU REY *a seis Princes.*

Hélas ! Hélas ! tres fes Hélas !
Quand yeou me vire de tout las (²),
Et veso pas ma belle eimade,
Maoudisse l'houro et la journade,
Et aqueou que m'a douna lou counseou.
Pode pas avala lou mousseou.

(1) Hésiter.
(2) Côté, du latin *latus*, anc. fr. *let*, conservé dans Villeneuve-lez-Avignon.

LOU PRINCE *aou* Rey.

Sirou, à voste maou ya pas remedi.
Puisque tant lieun van vostei credits,
Manda pertout vostei Etats
Serqua la plus belle beouta
Dignou de pourta la couroune ;
L'habit rouyau sur sa persoune,
Qu'espouse un Rey tout puissant
Et siege Reine de Sussant (¹).

LOU REY *a seis Princes.*

Trove ren de plus necessari ;
Manda appella lei Coumissari
Que l'affaire es fort pressant.
Fasez la cridou din Sussant.

LOU PRINCE *au Secretari.*

Moussu lou Secretari,
Lou Rey es din un grand divorce ;
Tantôt perdié toutei sei force
De se veire sense une femme.
Metté leou la man à la plume,
Et à tout soun gouvernament
Fasez coucha un coumandament
A tout particulier de ville
Qu'oura de fille gentille,
Prenguoun lou camin lou plus court

(1) La ville de Suse.

Et lei counduiguoun à la Cour.
Diligenta vite l'affaire,
Manda souna lou Troumpetaire.

LOU TROUMPETOU.

De par noste grand Rey de Perse,
Per une ourdounance expresse,
A toute Prouvince et Coumta,
De quinte (¹) counditioun et qualita
Qu'aoura de filles piousselles,
Jouines, gracieouses et belles,
Leis fassoun counduire en Sussan
Sous la garde de l'Impuissant (²) ;
Beleou poudriè faire fourtune,
Que lou Rey n'a besoun d'une.

MOURDACAY.

Yeou, Mourdacay, Jusiaou de bonne neissence,
De la tribu de Bengeamin ma descendence,
Toujours plus triste et doulen
Et captif de Jerusalem ;
Residen din de terre estrangeou
Sense mesoun, ni terre, ni grangeou.
Are (³) sian eici esclaves et soumés
Jusques que saren remés
A reprendre la poussessioun
Din la terre de permissioun.

(1) De quelque condition qu'elle soit.
(2) L'eunuque.
(3) Maintenant, du lat. *hora*.

Et de toute la famille
Nous es resta qu'une fille,
Et coume un enfant de la mesoun
Yeou l'y ai fourni tous seis besouns.
Cependent me l'a faou emmanda
Pasque noste bon Rey l'a ourdouna.
L'ai adouptade coume soun père,
Mai soun destin me desespère.
N'es pas dur per yeou que lou Rey ourdoune
Que moun propre sang aneou abandoune ?
        Ah ! Ah ! Ah !

ESTHER *à soun ouncle.*

Moun ouncle, qu'avé que souspira ?

MOURDACAY.

Ma nièce, me sieou trevira (¹) :
Ai entendu faire la cride,
Qu'ourié de filles poulides
L'y (²) remetesse proumptament.

ESTHER.

Malapeste tant de tourment,
Amai (³) aqueou que n'es la cause !
Crese que n'aouren jamai pause.

---

(1) Emu, troublé ; *tre, tres,* au delà, *vira,* tourner.
(2) Corr. *li,* lui, *et infra.*
(3) Aussi, du lat. *ad magis.*

MOURDACAY.

Ah ! que faire ? puisqu'ansin lou Rey l'ourdoune,
Vous l'y faou rendre en persoune
Per oubéi aou coumandament.
Vivez toujour hounestament
Amé la crente et la prudence ;
Declara pas voste neisseuce.
Vous accoumpagnarai jusqu'à la porte.
Vivez toujour d'aquelle sorte.

LOU PRINCE *à Esther.*

Hola ! Hola ! de la mesoun ?

ESTHER *aou Prince.*

Qu'és abas que demande ?

LOU PRINCE.

Es yeou que lou Rey me mande.
Madame, faou veni amé yeou proumptamen.

ESTHER *aou Prince.*

Si vous plait, Moussu, un moument.

LOU PRINCE.

Aça(¹), Esther, mettez-vous ben en equipage,
Prepara ben voste visage,
Accoumoda voste estoumac,
Que lou Rey siege tout charma.
Demanda ce que voulez pretendre,

(1) Or ça.

Vous l'aourez sen plus attendre :
Tont lou Rouyaume vous es acquis.

ESTHER *aou Prince*.

Vous remercie, Moussu lou Marquis;
Es assez de l'avantage
Qu'à un grand Reý faou rendre houmage ;
N'avieou pas tant amerita,
Es assez de la voulounta.

ESTHER *seule*.

Oh ! fille de Sion tant oustere
Et d'une ley plene de mystere,
Souilliaras-tu ta pureta ?
Et livraras ta virginita
A un Rey bizarre et heretique ;
Contre la ley et la pratique
Aousaras-tu prevarica
Un pouint si grand et delicat,
Un invioulable Precepte
Oubserva de touteis nostes encetres.
Jacob, homme de grand presage,
Avant que la Ley fusse en usage,
L'oubservé fort regidament
Pourtant sense coumandament.
Rebeca, sa mere, l'y a recoumanda :
Prend-garde, fils, de desgrada,
De n'en faire tale foulanchere
De prendre femme estrangere.

Gis de caprice, gis de passioun,
Puleou resta din l'inaction.
Siegues attentif à ma defence,
Embastardigues pas ta semence,
Reste puleou din lou neant
Que prendre femme de Canaan.
Ai su lou cor ma Ley mousaïque,
Doun les sept natiouns Atepatiques (¹),
Su pene daou Ciel de grands tourments
M'an defendu absoulument.
Et yeou paure desoulade,
De pere et mere deleissade,
Faou m'alia amé une natioun
Que de Dieou ès l'habouritioun (²) !
Moun Dieou, pardouna aqueste chute;
Quoique voste Ley lou rebute,
Moun Invioulable noun permet,
Pourtant faou que moun cor sié soumet.

LOU REY à *Esther.*

O Esther, belle et gracieouse !
Dieou vous a rendu fort herouse,
Vosteis appas m'an tout charma,
Faou que yeou siegue voste ben cima.
Jamai yeou vous desempare (³)

---

(1) Antipathiques. — Voy., pour le nom des sept nations
avec lesquelles il était défendu aux Juifs de s'unir par
mariage, *Deutéronome* vii, 1 et suiv.
(2) Horreur, du lat. *abhorrere.*
(3) Je ne vous abandonne.

5

Hor que la mort nous dessepare.
Vous doune ma fidelita,
Gouvernaré tous mes États.
Anen (¹), Messieus, que chascun fague feste,
Esther, la couroune à la teste
Regne à la place de Vasty ;
Seis ennemis fara menti.

ESTHER *aou Rey*.

Sire, me jette a vosteis peds,
Vous remercie amé respect.
Dieou vous doune longue vidou,
Yoste couroune siegue benidou.

CANSOUN D'ESTHER.

A un grand air
La Reyne Esther.
Es la ben eimade,
Daou Rey courounade.
Quand l'ordre vengué
Elle paregué.
Din la cour deis femmes
Graci nen cargué :
Su toute beouta
Et sensou flata

(1) Allons.

Fugué la plus belle
De tous seis États.
Lou Rey tout charma
De Esther lou ben eima.

Fin daou segoun Acte.

—

ACTE III

Scene premiere (1.

—

BIGTANT *à Valeres* ([2]).

Oh! migua soui Perse ([3]);
Aqués diable de Rey de Perse
Noun me vollio leissa dourmi.
Si tu vos veni coumi

---

(1) Voy. l'introduction.
(2) L'auteur ajoute maladroitement le *rac* conjonctif an nom biblique Theresch et appelle ce personnage Valeres.

(3)   BIGTANT à *Valeres*

    Oh! je ne suis pas perse;
    Ce diable de roi de Perse
    Ne veut pas me laisser dormir.
    Si tu veux venir avec moi,
    Nous lui donnerons la bouchée
    Qu'un niais rarement donne.
    Je ne puis le voir même en peinture
    Ce diable d'imbécile.

           VALERES

    Oui, oui, vite et promptement,
    Je veux faire selon tes désirs

Et diarime lou boucoune,
Noustrac qu'un gege rardoune.
Noun le poce vede en pintoure
Aquel diable de beguefoutoure.

VATERES à *Biglant.*

Si, si, preste, preste-alegramente
Yeou voli fare (oun sentimente,
Voli dar din aquès vino
Oune bonne medecine

Et mettre dans ce vin
Une bonne médecine
Qui le tourmentera jour et nuit,
Et ne le quittera que lorsqu'il sera mort.

BIGTANT

Chut! chut! que personne ne nous entende.

—

Migna, it. et anc. pr. *mica, miga,* anc. fr. *mie.* du latin *mica, miette, petit morceau,* particule explétive qui sert à renforcer la négation; mais ici la particule négative est absente. — Coumi, it. *meco, avec moi.* — Boucoune, it. *boccone, bouchée, morceau* et aussi *morceau empoisonné.* « Provision de saulcisses, non de Boulogne, car il craignait li bouconi de Lombard. » RABELAIS, *Garg.* chap. III.

Voudrait-il bien à bailleur de boucons
Donner luy mesme à garder ses flacons.

MAROT, cantique XXI.

Si trassegun et si boucóni (ses philtres et ses poisons). —
Miréio, chan' IX.

Noustrac, est-ce la corruption de l'it. *nostrale, de notre pays!* — Gege, onomatopée cherchant à imiter le bégaiement des idiots.

Que lou tourmentarate journe et gniote,
Noun lou quitara que noun si morte.

BIGTANT *à Valeres.*

Pianou, pianou, que rés nous entendio.

MOURDACAY.

Aqueleis gens sount pas trop sages,
Parloun a un certain lengage
Que si lou Rey n'erou averti
Se n'en poudrien ben repenti.
Ai entendu per seis resouns
Qu'aou Rey voulien faire trahisoun;
Faou qu'aou Rey sauve la vidou,
Et la Reine siegue avertidou.

MOURDACAY *à Esther.*

Oh ! Reine, vous avertisse,
An prepara un precepice.
Lou Rey es din un grand dangé
Per dous gardes de seis sujets.
Ai coumpré din soun lengage
Que l'y preparoun un abeurage
D'un venin lou plus dangeiroux;
Pensoun coume de malheroux.

ESTHER *à Mourdacay.*

Garou, garou, lou Rey vaou averti toutare.
Oh ciel ! lou pitouyable recit,
Moun sang din meis venes se glace.

Lou Rey es dounc à la merci
De dous cruels remplis d'oudace.
Faou qu'averligue d'aqués pas
Noste bon Rey et venerable,
Per évita un meichant trepas
Que l'y preparoun deus miserables.

ESTHER *aou Rey.*

Oh ! Sire, louas Dieou à tout moument !
Vene d'apprendre soulament,
Que dous gardes de la Veisselle
Vous voulien freta leis meisselles (1)
D'un pouisoun rude et meichant
Per vous faire mouri su lou chant.
Mourdacay qu'erou à la porte,
A entendu faire la counsolte,
Et m'a declara lou secret.

LOU REY.

Manda-y leou de gens après,
Avant que n'agoun gis d'endice,
Et leis puni suivant soun vice :
Soun merite y siegue rendu,
Presentament siegoun pendu.
Avant de faire l'execulioun,
Fasez examina lou pouisoun.
Se l'affaire vai ansin,
Manda souna lou medecin,

(1) Les mâchoires, anc. pr. *maisselle,* lat. *maxilla.*

Et faire mettre per memoire
Qu'a m'a proucura ma victoire :
Lou pode pas deleissa,
Un jour sara recoumpensa.

LOU PRINCE *aou Medecin*.

De par lou Rey, Moussu lou Douctour,
Examina aqués beou tour.
Un Jusiaou frequent à la Cour
A entendu din un discour
Dous grands qu'aou Rey tendien un piege.
Cregne per éleis qu'aco siege,
Ce qu'an prepara fai pas beou veire,
Vaqui (¹) la boissoun, vaqui lou veire.

LOU MEDECIN.

Oh ! servitoure traîtoure,
Vouleti empouisounate soun Gouvernatoure,
Prince de toute la Niverce (²),
De l'arsenique daou plus ardente.
Et mouindre grace à la poutence,
Et à la poutence.
Oh ! que ycou vede eici soubieme et couraci (³).

LOU MEDECIN *aou Secretari*.

L'ane tre mille tre cento trenta-sete (⁴), et
creation del monde, atteste Mig Douctori de

(1) Voici.
(2) De l'univers.
(3) Mots italiens corrompus.
(4) 423 av. J.-C.

medecine de la prouvince de Perse, que
doui servitoure traîtoure daou Rey Asveros,
noumade Bigtanne et Vateres, domestiques
infidelles Gardati de la veisselle, mi trou-
vate et prouvate le bevare que dounare à
Sa Majestate fine arsenique de la plus ardente,
verificate et vesitate et veritate, et me soui
signate.

LOU PRINCE *aou Medecin.*

Arou qu'avé fa la counsulte,
Que la cause es istade juste,
Vaou dire à sa Majesta
Que remercie à la Divinita.

LOU PRINCE *aou Rey.*

Sire, remercia voste Creatour
Et punissez vosteis servitours,
Car sur la dichou (¹) daou medecin,
Leis dous cruels vous trahissin.

LOU JUGE.

Sire, ya din vosteis etats
Dous servitours temeraire,
Soun sensou humanita,
Encare men de caractere;
Tentavoun à vous faire rendre l'ame.
Oh! bon Rey que nous sia tant cheri,

(1) *Le dire du médecin.*

Sen avé besoun d'aucune arme,
Pensavoun à vous faire mouri.
Vous preparavoun un abeurage (¹)
D'un pouisoun rude et fin ;
Soun plus cruels que de sauvage,
Daou Rey voulien veire la fin.
Mourdacay, homme fort sage,
Lou secret a revela,
Quoique parlavoun din un lengage
Qu'erou ben dissimula.
La cause es verifiade,
Nen voulien trahi la couroune,
Per lou Medecin approuvade,
Tentavoun aou Rey et à sa persoune.
Per voulé suivre seis caprices,
Sa ruse et sa cruouta,
N'en souffriran un grand supplice
Coume porte soun attentat.
Leis faou puni sen coumpassioun
De la mort la plus cruelle;
Tale es la coundamnatioun
Que meritoun les infidelles.
Per la Ley et per l'Escriture,
Et suivant touteis leis autours,
Faou mesura l'homme à sa mesure
Et puni leis mauxfatours.
Si lou Rey et soun Parlament

(1) Breuvage.

Apploudissoun moun jugiament,
A la poutenci fagoun coundu,
Presentament siegoun pendu.

LOU REY.

Anen, ana (¹) vite executa
Leis dous Gardes de la Veisselle,
Ana leis perdre sen piata,
Que se parle plus deis rebelles.

CANSOUN DE BIGTANT ET VATERES.

Veici un beou tour
De dous servitours
Gardent la Veisselle
Cruels et rebelles.
Ya pamaou resoun (²)
De la trahisoun.
Au Rey preparavoun
Un rude pouisoun.
Et qu'u l'assuré ?
La Reyne aou Rey,
Mourdacay soun Ouncle
Que leis entendé.
Soun executa,
L'an amerita.

Fin daou troisieme acte.

(1) Allons, allez vite.
(2) Il y a pas mal de preuves.

ACTE IV

—

Scenou premiero

—

LOU REY *et seis Princes*.

Arou qu'ai fa touteis meis counquetou,
Ai resoulu dedin ma teste
De mettre un grand Intendant
Su touteis meis Coumandans.
N'en trove gis de plus houneste,
Que per eou moun hounour se preste,
Qu'Haman Amalec de mesoun,
Noble de fort longue sesoun.
Que chascun l'y rende houmage
A peine d'un plus gros doumage,
El ver eou se mette à ginoun,
El digue pas de soun oui, noun.
El cependant fasez la cridou.

LOU TROUMPETOU.

De par lou Rey, su pene de la vidou,
De faire hounour et civilita
A Haman ministre d'Etat.

HAMAN.

Puisqu'ai agu tant d'hounour
Que lou Rey m'a fa Gouvernour
Su toute Prouvince et Coumta,
Vaou remercia à Sa Majesta.

HAMAN *aou Rey.*

Sire, vous remercie très-humblament,
Dieou vous fague vieure longuament.
A voste Majesta benidou
Sarai varlet toute ma vidou.

LOU PRINCE *à Mourdacay.*

Hola ! moun ami, sias ben resoulu,
Sias beleou mestre absoulu !
N'avez pas entendu faire la cridou :
Chascun su pene de la vidou,
De faire hounour et civilita
A Haman grand Ministre d'Etat ?
Per un homme tant ben apprés,
Ai paou que n'en sarez représ.

MOURDACAY *aou Prince.*

Vous mouqua de yeou ou de moun turban,
Voudria qu'un cedre daou Lyban,
Ouriginel de Terre Santou,
Plegue à une tale plantou,
· Et à mieu dire, marri regetoun
Sourti d'un marri cantoun,
Maoudite branque Amalecite.
Seis peres nous poursuivien en sourten d'Egypte,
Agueroun ben tale journade,
Begueroun trop d'aigue salade.
· Encare sa malice les a conduit
Vindicatifs jusque oujourd'hui.

D'un vil serpen suivoun la trace,
Et la haine toujóur à sa brace (¹).
Lou vesez ben, sa mine lou troumpe,
 Ben qu'ague lou vent en poumpe (²)
Et yeou la barbe aou mentoun (³),
Sara toujour moun marmitoun.
Vautrei cresez que yeou l'apprehande?
Amai noste bon Rey coumande
De l'y faire civilita
Coume à un grand ministre d'État,
Tout aco n'es que badinage,
Jamai l'y rendrai houmage.

LOU PRINCE à *Haman.*

Segnour, sabés pas la nouvelle :
Un souldar de la citadelle,
Jusiaou, soun noum Mourdacay,
A dit qu'eria ista soun laquay.

HAMAN à *Mourdacay.*

Couquin, menes mai de bru que quatre,
Me tene pas hounour de te battre.
Insoulent, plen de suffisence,
Chascun me rend oubeissence;
Quand yeou passe din la Cour,
Tout lou mounde sarié court

(1) Au bras
(2) En poupe.
(3) En signe de deuil.

A me faire grand capellade (¹).
Couquin, moudiras la journade,
Et veirai fin, sen mena bru,
De toute la mesoun deis Hebrus;
Et d'aquelle captive (²) race,
Que se counegue plus sa trace.

MOURDACAY à *Haman*.

Haman, ni t'ame, ni te cregne,
Toun proucès es ver noste Segne (³);
Amé yeou sourtiras pas net,
Risques ta teste et toun bounet.
Meichant souldar avanturi,
Souven-te que t'ai secouri.
N'éres qu'un simple subalterne,
Qu'éres plus clar qu'une lanterne,
Te vesian lou jour de part à part.
Arou siés grand coume un rampart,
Fort et carga de vice
Per prepara de precepice.
Long tems gouste teis amertumes,
De faire maou es ta coustume.
Demandes que d'abeissamens extremes :
Soun daoupu (⁴) qu'à l'Etre supreme.

(1) A me lever le chapeau.
(2) Méchante, dans le sens de l'it. *cattivo*. du lat. *cap-tivus*, anc prov. *caitius*, fr. *chétif*.
(3) Seigneur.
(4) Ils ne sont dus.

Flechi ginoun et prousternatioun,
Es espece d'adouratioun.
Voudriés dounc exigea un culte ?
Te pagarai qu'amé d'insulte.
Camarade de Lucifer,
Saras un Patroun de l'Infer.
Teis injures, teis infectives,
Dieou te preparara une liscive (¹) :
Lors que saras ben exalta,
Saras l'opprobre de l'Etat.
Extentioun et quittance finale,
Saran teis penes infernales,
Ta fin per abouminatioun,
Daou maou que fas à ma natioun.

HAMAN *à Mourdacay*.

Ourguillous, plen d'irreverence
Ver un prince de ma puissence,
Que tout Sussant ver yeou flechissoun,
Per Vice-Rey me recouneissoun,
Creature basse et vil sujet,
Qu'és ta pensade ? qu'és toun proujet ?
Qu'u te pourra tira deis mans
Daou venerable ministre Haman ?
Après lou Rey sieou gouvernour,
Tout lou mounde me rend hounour.
Ma coulere es trop terrible

(1) Une lessive.

Per se countenta de toun ame vile,
Et ta persoune es trop lougiere,
Faou que perigue ta natioun entiere.

MOURDACAY *à Haman*.

Tu periras et tous teis descendens,
Et yeou qu'ai moun bón counfiden,
Lou Dieou de meis predecessours
Fara que te mettrai dessou.
Que creses de faire smé teis rudesses ?
Te souven pas de la proumesse?
Daou tem qu'érian à la bataye,
Que resteres sense une maye,
Sen pan, sen vin, sen alimens ;
Eres cargua d'un regimen,
N'aviés ren per lou nourri.
Vouas (¹) faire lou vaillant guerri,
Resteres sen quoque ni moque, (²)
Yeou ére fort coume une roque,
Ben arma de prouvisioun
Per evita leis ouccasiouns.
Aou tems d'aqueou grand batailloun,

(1) Tu veux.
(2) Proverbe correspondant au fr. *ni sou ni maille*. Selon
Avril, dict. prov., *Coco* signifie un petit panier d'osier ou de
roseau dans lequel les gens du peuple tenaient le verre à
boire qui servait à tout le ménage, et *Moco*, le crochet de
roseau fixé au plancher, auquel les paysans suspendaient
autrefois leur lampe. Voy Diez., Er W. I, au mot *Cocca* 2,
petit bateau, vase; et *Moco*, nom d'une plante, *Vesce*.
Er. W. II, 48.

Yeou dounere la nourriture.
Leis rats mangeoun pas l'escriture !
Te farieou veire meis adreatiouns (1)
Que me n'as fa une oubligatioun.
Prove que ma paraule es pas faousse,
Regarde lou escrit su meis causses.

HAMAN *à Mourdacay.*

Vai, couquin, se sabieou de mangea meis causses,
Te vaou prepara une belle saousse.

HAMAN *en s'en anen en coulere.*

Ce que m'aougmente ma coulere,
Qu'un homme de moun caractere
Siegue mourga per un couquin,
Encare me trata de faquin !
Se sabieou de perdre cent vide,
Me restesse qu'une bastide (2)
Et me fouguesse mouri de fam,
Mangearieou puleou meis enfans
Sinoun (3) punissieou Mourdacay.
Moun Dieou, la coulere qu'ai !

HAMAN *aou Rey.*

Dieou vous doune longue vide, Sire,
Sieou vengu eici per vous dire,
Et vous pregue de m'escouta :

(1) Mes droits.
(2) Petite maison de campagne.
(3) Si je ne punissais.

6

Yeou-rene dim vosteis Etats
Une natione sont disperansde,
De vosté Ley inseparade,
Et de vosteis coumandamens
N'en fan pas conte soulamen.
A la couroune fan outrage ;
Gis de proufit, preun de doumage,
De malicioux aoutrouqueda ([1]).
Si lou Rey voulié m'accourda
Que proucuresse sa rouinou,
Pertout vounte lou Rey douminou,
Manda leis courriés diligens,
Et dès mille quintaoux d'argen
Sarien per faire aquel ouffice.
Aqui sarien tous meis delices,
De leis faire peri su lou chant,
Que se parle plus deis meichans.

LOU REY à Haman.

Vous sias lou mestre, brave Haman,
Vesaqui moun diaman ([2]);
Fasez escrieure la sentence,
Leis courriés en grand diligence
Publia per tout Countinent,
Afin que tout homme venen
Siégue infourma de l'ourdounance,

(1) Outrecuidants.
2 Le sceau du roi.

Per se prepara à l'avance,
A ou jour que vous lou marquarés,
Comme bom et beou trouvarés.
L'argent es vostre, vous lou doune,
Et sa mort vous l'abandoune.

HAMAN *aou Secretari*.

Bon jour, Moussu lou Secretari,
Escriven, Cler et Noutari,
Prenez la plume et lou papi,
Escrivez un paoure respi (¹).
Deis Jusiaoux du Mede et de Perse,
N'en véiré plus gis d'aquelle merse (²).

LOU TROUMPETOU.

Coumandamen à tout soudart,
Qu'aou trege daou més d'Adart,
Se mettoun touteis su seis armes,
Eis Jusiaou fagoun rendre l'ame.

LEIS COURRIÉS *en grand diligence*.

Courriés daou Rey, Courriés daou Rey.
Courriés daou Rey.
De par lou Rey din soun palai,
Per une ourdounance sen delai,
A toute ville et village,

(1) Un petit répit.
(2) Marchandise, du lat. *Merx*. — Vous ne verrez plus de
cette marchandise.

Bourg et faouxbourg,
De faire battre leis tambours,
De péri jouines et vieis et filles,
Et mettre tout à la pille
Pertout generalament,
D'aoubéi à l'ordre proumptament.

MOURDACAY ET SEIS DISCIPLES.

L'ANGE *appellant.*

Mourdacay, Mourdacay !

MOURDACAY.

Aouse (1) une voix espirituelle,
Sabe pas s'es Dieou que m'appelle
Ou c'es l'houre de moun decés,
Ou c'es la fin de moun proucés.

L'ANGE *appellant.*

Mourdacay, Mourdacay !

MOURDACAY.

Parlas, Segnour, que vous entende,
Si eisso es (2) l'houre que faou se rendre.
L'ya-ti quauque ren de cruel
Contre lou pople d'Israël ?

L'ANGE.

Mourdacay, Mourdacay !

(1) J'entends. ancien prov. *Auzir, auzir, audir,* latin
audire.
(2) Si c'est.

L'ANGE.

Haman es vengu aou beou (1) de sa course,
Dit que vaou agouta (2) ta source.
Vaou tout perdre sen rançoun,
Pege (3), branques et plançoun (4).
Reclame-te aou Dieou souverain,
Tu, et touteis teis aderens.
Prousterne-te en grand prière,
Dieou te moustrara de lumiére.

MOURDACAY.

Las! sieou perdu, de que farai ?
Sabe pas vounte tirarai.
Grand Dieou daou ciel, misericordi !
Lou Rey et Haman soun d'accordi.
Aguès piata de tant de gens
Que nous an vendu sensou argent.
Si n'erou que per yeou, tendrieou silence,
N'en prendricou la mort en patience.
Pode pas arresta meis larmes
De veire de tant belles ames,
Jouines et vieis, enfans et filles,
Soun cor, soun ben es à la pille.

---

(1) Au beou, au sommet de sa course.
(2) Egoutter, tarir.
(3) Tronc d'arbre, ne se trouve pas dans Honorat, it. *appicare*, esp. *pegar*, prendre racine, Diez, Et. W. I, au mot *pegar*.
(4) Plançon, bouture, jeune plant. Voy. Littré à ce mot.

Oh ciel, à tout jamai glourifia !
Un pople qu'avés sanctifia,
Appella brebis de moun partage,
Reduit din un dur esclavage !
Coume un troupeou abandouna
De païs en païs sian transmena,
Tantot en Perse, tantot en Babiloune,
Un viei serpent que nous taloune.
Sian daou mounde lou pople lou pu souffrant,
Din tous leis siecles pas un jour de franc,
Et prenen din noste esclavitude
La vexatioun per un maou d'habitude.
Dieou veugue nous racheta
Counfourmament a seis piata.

MOURDACAY *en fasen réflexioun.*

Ai appré per traditioun
Une espece d'explicatioun
Que nosteis Savens lou fan
Su la paraule deis enfans.

MOURDACAY *aou disciple.*

Me diria-vous, picho garçoun,
Un verset de voste liçoun ?

LOU DISCIPLE.

Que vous dirai, bon venerable ?

MOURDACAY.

Ya assez d'un verset, se sia capable.

LOU DISCIPLE.

Meichant counseou et assemblade,
Et toute meichante pensade,
Sen avé besoun d'instrumens,
Dicou leis destruit din un moument.

LOU SEGOUN DISCIPLE.

Yeou din moun Escriture Sante,
Gis de paou, gis d'espouvante,
Ren nous sara doumagean
De la rouine deis meichans.

LOU TROISIEME.

Yeou sieou eici jusqu'à la vieilliesse,
Tout souffrirai amé tendresse.
Sieou lou fatour (¹), sieou lou support,
Et delivrarai daou desespor.

DISCIPLE.

De Dieou n'en sian l'heiritage,
Nous tirara de l'esclavage,
Nous leissara pas aneanti,
Nosteis ennemis fara menti.

AOUTRE.

A Dieou metten counfience,
Nous racheatara en diligence
Un pople que sense argen es vendu,
Et Haman sara pendu.

(1) Le facteur, intendant de la maisou d'un seigneur.

MOURDACAY.

Bon moutif, bellou prounoustique,
Faou pas un sen allegorique
Per l'y faire explicatioun ;
Ai un paou de counsoulatioun.

DISCIPLE.

Moun Dieou ! aguès piata d'enfans sen malice,
Ben eleva à toun service,
Toujour l'Escriture à la man ;
Seignour, delivra-nous d'Haman.

DISCIPLE.

Moun Dieou ! que tout lou mounde nourrissen
Doune merite eis innoucens.
Sian encare aou bras de noste mere,
Seignour, verses pas ta coulere.

AOUTRE.

Moun Dieou ! agues piata de la natioun,
Nou pagues pas per nosteis actiouns ;
Fai lou per toun noum tout San,
Delivre-nous daou Rey de Sussan.

MOURDACAY.

Plouren, plouren touteis ensen,
Un paoure pople languissen,
Une natioun tant coumbatude,
Toujour dedin l'esclavitude.

De martyre toujour pu grands,
Plouren, plouren pichos et grands.
Fasen priere et ouresoun
A Dieou qu'ame la resoun.
Delivrara pere et famille,
Arou, adessia (1) toute ma patrie.

PRIERE DE MOURDACAY.

Moun Dieou! grand Souverain daou mounde,
Vouas que ta natioun se counfounde ?
Nous punigues pas per noste vice,
Souven-te d'Abraham et soun sacrifice.
De Mouyse noste Pastour,
Siegues-tu noste proutectour.
Esquafe-nous (2) tous nosteis faoutes,
Que ta natioun es tan malaoute.
Grand Dieou ! souven-te de teis proumesses,
Agues piata de la jouinesse,
Regarde daou ciel soun innoucence,
Et prend vite nostou vengence.
Abandounes pas teis enfans,
Escoute daou Ciel ce que l'y fan.
Monstre-nous quauqueis miracles
Coume aou tems daou tabernacle,
Et diran, nosteis ennemis,
Que noste Dieou es pa endourmi.

(1) A Dieu soit.
(2) Pont esgraffa, *effacer en grattant*, anc. prov. *grafinar*, anc. fr. *esgroffer de graphium.* — Diez, Et. W. II, 329.

MOURDACAY *en coumplente.*

O Segnour ! Etro incres,
Magesta divino,
Lou pople qu'avé counstitua,
Enfant d'Abraham d'ourigino,
Accabla de grande afflictioun,
Abattu de misero,
Vous demande din sa miseratioun
Lou secour de soun pere.
Dira Haman, l'adourant, aou Dicou estatu (¹),
A la race benidou,
Aou Dieou puissence et vertu,
Ta natioun es punidou ?
Sourté vosto bras vengeour,
Segnour, es necessari,
Et fenissez leis jours
De noste adversari.
Sigués, Aoutour de la nature,
Attentif a meis souspirs,
Evita la moursuro
D'un veninous aspic.
Un meichant ennemi
Plus cruel qu'un barbaro,
Nous leisse pas dourmi
Daou maou que nous prepare.
Esmouvé, Tout-Puissant,

(1) Etabli, *statutus.*

Voste misericorde,
L'affaire es fort pressant,
Et l'ennemi s'aborde (1).
Si voste puissanco s'aoupose
A tous seis proujets,
Lor ma natioun repaouse (2)
Sara hor de danglè.
O juste ciel ! sia irrita,
Aven manqua à voste service ;
Mai l'immenso de vosto piata
Es pu grande que nosteis vices.
Vous offre meis humbles prieres,
D'un corps humilia et d'un esprit countrit.
L'homme qu'es que poussiera,
De voste sante man petri,
De l'homme avé soufiloura (3) voste ouvrage,
Et trouva lou plu excellent
Israël, per voste partago,
A la mounarchie de Jerusalem.
Cependent nosteis peres an prevarica,
An douna per doun l'ingratitudo,
Nous an leissa forco reliquats
Que paguen din l'esclavitudo.
An succoumba eis iniquitas,
Et à caouse de nosteis crimes

(1) S'approche.
(2) En repos.
(3) Vous avez embelli, ital. *soprafiorire*, fleurir de nou-
veau.

Sian exila de nostou Cita,
Et per penou ploungen din l'abime.
Quand lou pople fai pas ce que deou,
Leis descendens n'en portoun lou fardeou :
Un fay d'un pés insuppourtable
Per manqua aou Dieou veritable.

LA PRINCESSE *à Esther*.

Madame, aven entendu,
Mourdacay cridou coume un perdu
D'une voix triste et doulente ;
N'aougien (¹) que cris et coumplente.
Es enveloupa d'un grand sac,
Semble de veire un trepassa ;
L'avian jamai vis de la sorte.

ESTHER *en toumbant sus seis Princesses*.

Ah! que me disés, pense à toumba morte.

ESTHER *à Hatar*.

De qués aco? tant proumptamen,
Vai un paou veire vitament
Qu'es aco que tant lou chagrino,
Et perqué es tant affligea.
Porte l'y d'habits per changea.

HATAR *à Mourdacay*.

Segnour, la Reyne est fort facheado,
De treviramen s'es couch eado ;

(1) Nous n'entendons.

M'a dit de vous veni trouva,
Veire ce que vous es arriva;
L'ai leissade quasi morte.

MOURDACAY à *Hatar*.

N'a pas tort d'estre de la sorte.
Vouas pas qu'ague lou cor doulen,
Que siegue dit qu'aqueou vilain
Se siegue rendu liberal
De tout perdre en general ?
Leis Jusiaoux, sian touteis perdus
Pusqu'Haman nous a vendus.
Vese plu gis d'aoutre remedi,
Hor qu'ellou emplegue seis credits
Aouprés daou Rey, per évita
Ce qu'Haman a decreta
Contre nous aoutreis sen resoun ;
Manda l'y leou lou contre-pouisoun.

HATAR à *Esther*.

Madame, de paourei nouvelles!
Lei trouvarés paguairo belles.
N'aouse pas soulament lei dire :
An ourdouna de grands martyres
Contre toute nostou natioun,
De la perdre sen coumpassioun.
Vesez aqui l'extrait de l'ordre,
Dins un sul jour fan lou desordre ;
Fai coumpassioun de lou legi.

Vous faou tachea mouyen d'agi.
Aou Rey adressa vostou priere,
Que trate pas de la maniere
Un pople qu'es tant soun sujet.

ESTHER à *Hatar*.

Helas ! tout lou mounde saou lou dangé,
Es ansin que l'ourdounance porto :
Que res paou abourda la porte
Din la Cour sens estre appellade,
Su pene d'estre massoulade (1).
Ya un mes que sicou pas sourtide
Sens estre daou Rey requeride ;
Vaou ren aqui risqua ma vide.

HATAR à *Mourdacay*.

Segnour, cerqua un aoutro remedi,
Nous pouden pas servi daou credit
De la Reyne en gis de biai.
Dit que de sa vide l'y vai,
De y ana sens estre appellade ;
N'es pas que noun siegue desoulade.

MOURDACAY à *Hatar*.

Vai l'y tourna dire tout court
Que lou grand appui de la Cour
L'y servira pas de refuge ;
Que pense que Dieou lou grand Juge

(1) Assommée. Supplice en usage dans les Etats du Pape.
Voy. SAUVAGES, *dict.* lang. fr. Lat. *Massola*, massue.

Aoura de nous aoutreis coumpassioun,
Et delivrara sa natioun
De tout dangié et doumage
Sensou qu'elle s'en empache.

HATAR à *Esther*.

Voste ouncle parle coume un sage.
Fisa-vous à Dieou tout-puissant,
Ana trouva lou Rey de Sussan,
Adressa-l'y vosteis prieres.

ESTHER à *Hatar*

Ma persoune n'es pas tant chiere
Coume la mort de ma natioun.
Sieou ramplide de coumpassioun.
Per elle, faou que m'abandouno,
Veire lou Rey que que (1) m'ourdouno.
Que chascun geûne amé attentioun
Tres jours amé grande afflictioun.
Quaqueou grand Dieou mestre daou mounde
Noste ennemi approufounde,
Et naoutrei geûnaren aussi,
Tacharen mouyen de reussi.
Aou Rey dressarai ma requeste,
Quand me farié coupa la teste.

_____

(1) Quelle que soit la chose que. — Dans Boëce : *que quel corps faça*, 155; et aussi ancien fr. *que, que Rollanz à Quenelun forsfeslet*; ROLAND. 3827.

HATAR à *Mourdacay*.

Segnour, publia proumptamen
Un geûne generalament,
Suivant noste Ley et coustumo,
Jouines et vieis, enfans et femmes,
Tres jours sen beoure, sen mangea,
Et poudrié Dieou nous soulagea.
La Reyne per y ana s'aquippe,
A prepara touteis seis nippes.
Et vous, Segnour, bon directour,
Et per lou ben premié moutour,
Sita-nous touteis en penitence,
Poudrian gagna l'indulgence.

ESTHER à *seis Princesses*.

Meis dames, venez à ma coumpagno,
Anen fairo aquesto campagno,
Preguen Dieou, sian à sa marsi ;
De seis graci poudrian reussi.

LA PREMIÈRE PRINCESSE.

Plouren et gemissen, meis fideles coumpagnes,
A nosteis larmes dounen un libro cours,
Leven les yeux ver leis santes mountagnes,
Vounte leis innoucens esperoun soun secours.

LA SECOUNDE PRINCESSE.

Receou nosteis vœux, grand Mestro !
Nosteis ennemis fai cessa d'estre.

Destruit d'Ameleo la raco,
Que se counegue plus sa trace.
Nous as proumet de ta bouque sacrado
Une pousterita d'éternello durado.
Digue à Sion : Sorte de la poussiero,
Et prend toun splandour premiero ;
Quitte leis habits de la captivita,
Contre tu toun Dieou es plus irrita.

LA TROISIÈME PRINCESSE.

Grand Dieou ! justo, dré et équitablo,
Vengeou leis enfans veritables,
Delivre-nous de l'ennemi ;
Que sous eou fasen que gemi.

LA QUATRIÈME PRINCESSE.

Coundamne lou d'uno sentence
Que n'ague plu gis d'existence.
Implouren touteis toun secours,
Rende-nous agreables à la Cour.

LA CINQUIÈME PRINCESSE.

Grand Souverain, Dieou deis armades,
Souven-te de ta ben-Eimade,
De soun Fils, de soun sacrifice,
A sa Fille siegues proupice.

LA SIXIÈME PRINCESSE.

Daou ciel, tout bon, plen de piata,
Regarde noste triste etat.

7

Fai lou per la Loy de Mouyse,
Qu'à elle naoutreis sian soumises.
Souven-te d'aqueou grand Pastour,
Mande-nous l'Ange Redemptour.

LA SEPTIÈME PRINCESSE.

Segnour, courouna de la gloire,
Fai qu'empourten la victoire,
Brise aquelle meichante espigne,
Et toute sa raco indigne.

PRIERE D'ESTHER.

Moun Dieou daou ciel et de la terre,
Que res te paou faire la guerre,
Regarde de nous racheata
Un poplo qu'es tant tourmenta.
Nous voloun peri noste race,
Noste ennemi que nous trecasse;
Moun Dieou, tenez-nous noste terme!
Paourou, soulete coume un verme,
Restade sen pere ni mere,
Segnour, verses pas ta coulere
Sur un poplo qu'as tant chousi :
Ya long temps qu'an de desplesis.
Fagues pas ce qu'Haman demande.
Segnour, que teis piata sount grandes!
Que nous as souva de tout tems,
Fai que lou Rey siegue countent.
Daou rouyaume n'en faou pas gloire,

Demande ren que la victoire
A vosto Mag esta divino,
D'assista uno fillo ourpheline,
Et me douna un toun de beouta
Que lou Rey piesque countenta.
Segnour, doune-mo l'assistance,
Qu'emporto la delivrance.

LOU PRINCE à *Esther*.

Aqueleis femmes soun ben ardides,
An pas paou de risqua seis vides.

ESTHER.

Oh ! moun Dieou, siegues moun ageude,
Si m'abandounes, sieou perdude.

LOU REY.

Plan (¹), Messieus, anô pas tant vito !
Esther, plene do merito,
Que vous amaga (²) à un canton,
Yeou vous remoto moun bastoun.
Qu'avé besoun, yeou vous l'ouffrisse,
La mita de moun rouyaume à vosto service.
Digne d'une grande amitié,

---

(1) Doucement, it. *plano*, du latin *planus.* Voy. Littré
au mot *plain*.
(2) Se cacher, se blottir.

    E an si los Frances de mancira encausatz,
    Que el cap del castel se son tuit amagatz.
                  (Ch. Cr. Alb. 2049.)

Etymologie inconnue; Voy. Diez. Et. W., II, 94.

Que voulé de nosto quartié (¹)?
Sia ma gloiro, sia ma lumiero,
Assura que vosteis manieres
M'an rendu aoujourd'hui encanta.
Helas! moun Dieou, raro beouta,
D'aquesto houro l'amour mo tentou,
Vous preguo d'intra sen crento,
Demanda familiérament
Que soun vosteis couqtentamens.
O charmanto ravissento!
Disez-mo, que sia pas countento?
Que manquo per vous countenta?
De moun rouyaumo n'y a la mita
Que sara a vosto servico.
Si ya pas aqui proun do délico,
Aourez encaro un picho respoux (²)
Sirou lou Rey qu'es vosto espoux.
Que mo recounoisso per mostro,
Vous remetto encaro moun sceptro :
Demanda co que voudré.

(1) Voy. Littré au mot *quartier*, 24.
(2) Il vous restera encore le roi qui est votre époux. —
Respoux, *rejaillissement*, *éclaboussure*, *reflet*, anc. prov.
esposcar, arroser; voy. RAYNOUARD, L. R. III, 188, 11.

Per pas reçaupro lou responso
Do pluejo, d'uiau e de grelo,
Nous encourreguèn touti dous
Dessouto nosto capitello.

(JEAN REBOUL.)

ESTHER *aou Rey*.

Sirou, se sia tant bon à moun endrè,
Ce que yeou vous pregue toutaro :
Que la dinade se preparo,
Aourai l'hounour de vous trata
Vous et Haman grand ministro d'Etat ;
De vous veire sarai ravidou.

LOU REY à *Esther*.

Ana, Esther, sarè aoubeidou.
Que m'appelloun Haman,
Madamo, douna-me la man.

HAMAN, LOU REY ET ESTHER.

Que souhèta, ma ben-eimade?
Demanda ce que vous agrade,
Jusque la mita de moun gouvernament.

ESTHER *aou Rey*.

Sirou, vous pregue tant soulament
Vous et Haman, encaro un viage (¹),
De me douna aquel avantage
De veni deman matin :
Farai prepara un grand festin.

HAMAN à *Esther*.

Madamo, me coumbla d'hounestela,
Excusa de la liberta.

---

(1) *Voyage* dans le sens de *fois* : Encore une fois. —
Comp. it. *tuttetia*; esp. *todavia*; anc. franç. *toutes voies*.

HAMAN *à sa femme et à ses amis.*

Oh! Messieus, la Reyno m'a fa un hounour
                                incoumparablo !
Pensa quo me counsidere
Encaro mai quo lou Rey Asvero :
Aoujourd'hui m'a douna dina,
Et deman me l'y faou retourna,
Yeou et lou Rey, testo à testo.
De ben, Dieou merci, n'ai de resto ;
Ren me paou soulagea moun tourment
Que quand yeou veso à tout moument
Mourdacay su lou corps-de-gardo ;
Se moquo de yeou et me regardo :
Mesavi quo veso lou diablo.

                ZERAS *à Haman.*

Moun mari, si aco vous es agreablo,
Mourdacay faron leou puni.
De bons ouvriés faou faire veni,
Se mettran en grand diligenco,
L'y dressaran uno poutenco.
Sara pendu son retarde,
Lou veiren plus su lou corps-de-gardo.

                HAMAN *à sa femme.*

Ana, toutaro sarez oubeido,
L'y faren leou perdro la vido.

LOU REY *troubla din soun soumeil per l'Ange.*

Helas! la meichante tempoure (¹)!
Sieou bon inquiet d'aqueste houre;
Mo sento tout accabla,
Ai meis sens touteis troubla.

L'ANGE *troublen lou Rey.*

LOU REY.

Aouse touto uno poupulaco,
Chascun desrengea de sa place,
Aqui so meno do grands ravages.
Ya-ti quaouque ville et village
Que yeou leis ague trecassa?
Oh! n'ai pas ben recoumpensa
Quaouqu'un de meis servitours fidèles;
Es beleou per aco que yeou chancelle.

LOU REY *troubl'i per l'Ange.*

Entende pertout que do bruit;
De toute la sanclame (²) de la nuit

---

(1) Saison.
(2) Pendant toute la nuit. Dans Sauvages : *jou lou san clame d'aou jhour, touto la santo de la neit.*

On trouve dans Goudoulin :

Tout le sante-baten del jour
Daban sa finestre jou rodi.
E'gourrinat per la sereno
Touto la santo de la neyt.

Ces expressions désignent les heures canoniales, c'est-à-dire les prières qui se font à certaines heures du jour et de la nuit. — Clame, *appel,* et aussi *plainte,* de *clamare.*

N'ai pas plugua l'yeu (¹) un moumenl,
Ni soumeilla lant soulament.
Semble qu'ague quaouquou foulié,
Me vaou jetta un paou su moun lié.

L'ANGE *troublen lou Rey*.

Qu'es arriva, pode pas dourmi.
Hola ! qui vala, moun ami ?
Vai me souna moun secrelari,
Que monte leou, es necessari,
El digue l'y qu'ai besoun
De moun libre de resoun (²).

LOU PRINCE *aou Secretari*

Moussu lou secrelari,
Fase vite, leva vous ?
Lou Rey a besoun de vous.
Prene vitamen l'escritori
Et lou libre de Memori.

LOU SECRETARI *aou Rey*.

Sire, que coumanda de nouveou?

LOU REY *aou Secretari*.

Ai un grand trouble a moun cerveou ;
Tout moun libre faou visita,
Veire se quaoucun a merita

(1) *Je n'ai pas fermé l'œil*, de *plicare*.
(2) Livre de comptes, registre de famille.

La recoumpense de quaouque servico.
Beleou per aco languisse.

LOU REY *aou Secretari*.

Qu'es aco, escoundes (¹) aqui quaouqaeis pages,
Ya-ti quaouque ren que t'empacho?

LOU SECRETARI.

Sire, ya un certain Mourdacay
Qu'a dessouta (²) vosteis laquais
Que suppousavoun voste rouine.
Sen dire mot, tenien sa mine;
Fugueroun pendus per despié (³),
S'es trouva escrit su lou papier,
Et n'es pas ista recoumpensa.

LOU REY.

N'es pas resoun de lou leissa;
Ana en paou veire din un cours (¹)
Qu'u ya abas à la cour.

LOU PRINCE *aou Rey*.

Sire, ya qu'Haman tant soulament.

LOU REY.

Vai l'y dire vitamen,

(1) Tu caches, anc. prov. *escondre*, lat. *condere*.
(2) Découvrir, surprendre, *de subtus*.
(3) Par mépris, du lat. *despicere*.
(4) D'une course.

Que monte vite sen delai,
Qu'ai besoun d'eou aou palai.

LOU PRINCE *à Haman*.

Segnour ?

HAMAN.

Que ya, que nouvelle ?

LOU PRINCE.

Lou Rey vous appelle.

HAMAN *aou Rey*.

Sire, de voste part m'an fa mounta,
Que demande sa Majesta ?

LOU REY *à Haman*.

Haman, se faou delibera vite
A me dire qu'es lou merite
D'un que lou Rey a ben trata.

HAMAN.

Faou ben se prendre garde ;
Vese que lou Rey me regarde,
Es per yeou que vaou proujeta.

HAMAN *aou Rey*.

Sire, aourié amerita
De l'y faire carga la couroune,
L'habit rouyau su sa persoune,

Et voste chivau mountara
Et per la ville passara,
Et cridaran à voix de troumpe :
Ansin leis amis daou Rey van en poumpe.

LOU REY à *Haman*.

Pusqu'as announça la sentence,
Pren l'habit rouyau en diligence,
Vai faire ansin à Mourdacay
Et l'y serviras de laquai.
Coume as dit manques pas une note,
Vai, lou trouvaras abas à la porte.

HAMAN *aou Rey*.

Oh ! sire, me tratè pas de la sorte,
N'ai gis de plus grand ennemi.

LOU REY à *Haman*.

Et yeou n'ai gis de plus grand ami !
Manques pas d'y ana toutare,
Que per eou l'hounour se prepare.

HAMAN *en coumplente*.

Oh ! que malhur, que decadance !
Vese moun ennemi que s'avance.
Foulé se mettre à seis peds !
Haman, vount-es lou respect
Que icut lou mounde te pourtave,
Et que chascun se prousternave
Me vesen veni de cent pas ?

Eisso es l'houre de moun trepas,
Plus gis de sang, plu gis de videl
Encare faou servi de guide
A moun ennemi capitau ;
Eisso es la perte de moun oustaou.
Que desastre, qu'untou planette (¹) !
Femme, te vaou faire place nette,
Eisso es ma fin, revene plus,
Lou Rey m'a met à noun plus.
L'a ourdouna, y a ren a mordre,
Faou oubei et suivre seis ordres.

HAMAN *à Mourdacay.*

Bon Mourdacay, leva-vous vite,
Lou Rey vous rend vosteis merites ;
Tout eisso avé amerita
Per lou Rey avé ben trata.
Aquel habit vous faou vesti,
Lou chevau es tout alesti,
Carga l'esperoun et leis bottes,
Vous vaou pigna un paou voste flotte ( ).

MOURDACAY *à Haman.*

Hola ! moun ami, sia ben pressa !
Leissa-me un paou quitta moun sac,
Sieou plen de barbe aou visage,

(1) Quelle mauvaise étoile.
(2) Touffe de cheveux; de *fluctus.* — Voy. LITTRÉ au mot
flotte, et DIEZ, I, 182.

Aco n'es pas trop ben l'usage
D'estre si maou equippa.

HAMAN *à Mourdacay.*

Espera, me vaou estroupa (¹).
Leissa-me carga meis lunettes,
Ai l'aigou et la sabounette.

MOURDACAY *à Haman.*

Haman, courage,
Lave-me lou visage,
Sieou plen de barbe aou mentoun,
Vire-te de l'aoutre cantoun ;
Vaou leva moun cappeou,
Me pignaras un paou moun peou.

HAMAN *à Mourdacay.*

Anen, metté vite aqui lou ped,
Vous deve l'hounour et lou respect.

---

(1) Retrousser les manches. de *struppus*, lien, courroie ;
Voy. DIEZ, I, 401. — Anc. prov. *estropar*, envelopper, em-
mailloter.

> Si voles trobar l'an tot dreyt
> Que l sant Suzari benaseyt,
> Hon Jhesus mort foc estropat
> A Tholosa foc apportat.

> (*Las Joyas del gay saber*, pag. 270.)

> Per saluda l'efantet Diu
> Qu'un Bèrges doucetamen estroupo.

> (GOUDOULIN, *Nouel.*)

HAMAN *aou public.*

Eisso es un homme de marque,
Lou Rey l'a fa un grand mounarque ;
Tout eisso a amerita
Per lou Rey avé ben trata.

HAMAN *à sa femme et à seis amis.*

Helas ! moun Dieou, que de martyres !
N'ai pas envege de rire,
Ben lioun de faire pendre Mourdacay,
- Aoujourd'hui sicou ista soun laquai.

ZÉRAS *à Haman.*

Moun mari, s'es un Jusiaou de la natioun
Que per eou lou Rey ague d'afflectioun,
Nous ly foudra rendre houmage
Et n'en tiraren que d'aoutrage.
Nous tendra soute seis mans,
S'es pas aoujourd'hui sa (¹) deman.

LOU PRINCE *à Haman.*

Haman, faou vite descendre,
Lou Rey et la Reyne podoun plus attendre :
Lou dina se vai refregea.

HAMAN *en s'en anen.*

La paoure envegeou qu'ai de mangea !

(1) Ce sera.

LOU REY à *Haman*.

Haman, voūs sia ben fa espera.

HAMAN *aou* Rey.

Bon jour, sire, sieou tout prepara.

LOU REY à *Haman*.

Courage, Haman, asseta-vous.

HAMAN *aou* Rey.

Perdouna-me, sire, apres vous.

ESTHER à *Haman*.

Haman, mangea et bevé s'en faire façoun,
Gousta un paou aqueou souesoun (¹).

HAMAN à *Esther*.

A voste santa, Madame.

ESTHER à *Haman*.

Vous remercie de corps et d'ame.

LOU REY à *Esther*.

Disé-me, ma belle Eimade,
Qu'es aco que sias tant amagade;
Demanda ce que poussede,
Jusqu'à la mita, vous la cede.

ESTHER *aou* Rey.

Sire, se ycou vous sieou agreable
Et ma persoune favourable,

(1) Saucisson.

Aouré dounc piata et merci
De yeou et de moun pople aussi;
Vous pregue d'avé remord,
Nous voulien mettre à la mort.

LOU REY à *Esther.*

Qu'u es aqueou que vous fai tant de pene?

ESTHER *aou Rey.*

Sire, es Haman que lou diable lou mene.

ESTHER *aou Rey.*

Oh! bon Rey que tant cherisse,
Fasè cessa un aourice (¹)
Fort coume un ouragan
Que part d'un esprit extravagant.
Souhaitou que malhur et deroute;
Vous rendrai conte de sa route.
Mene que vent et que tempeste,
Fai mai de maou que la peste,
Persecute un pople soumes,
Jette de sort touteis leis mes
Per voix de Talisman et de Figure,
Per trouva un jour de meichante aougure
Que fuguesse prepara à la punitioun
De ma venerable natioun.
Per faire flo et flamme, es un tisoun,
Din lou rouyaume es un pouisoun.

(1) Orage, coup de vent.

Per malefice et magie
Courroun toute la mounarchie.
Naoutrei de Dieou aouren misericorde
Et eou finira per la corde.

LOU REY à *Haman.*

O voulur! faouti ben avé de courage!
Te farai coupa lou visage.
Sieou en coulere eici dedin :
Me vaou proumena à moun jardin.

LOU REY à *Haman.*

O ! insoulen faouti ben estre
De te voulé rendre mestre
De la Reyne en ma présence.
Ta mendre graci es la poutence ;
Marblu ! la coulere me counsume,
Voulé seduire ma fume !

HARBONA *aou* Rey.

Sire, Haman fai maou tout ce que deou,
Car Mourdacay, voste fideou,
Haman a tout moument se flatte
Que vaou lou teni soute sa patte ;
A entrepré de lou peri.
Per puleou lou faire mouri,
S'es mes en grand diligence,
L'y a fa dressa une poutence.

Se voulé qu'announce sa sentence,
Soun merite l'y siegue rendu,
Presentamen siegue pendu
Su la fourque qu'a fa faire ;
Aco es lou pu court de l'affaire.

LOU JUGE.

Sire, Haman es un esprit rebelle,
Per lou rouyaume n'a aucun zèle.
Avé ben tout examina,
Se met en teste de doumina.
Une tale indigne persoune,
Pensa de tenta à la couronne !
Semblavou un homme de proubita
Quand intrave din leis Etats.
De lou veire tant avaroux,
Sableou pas que fuguesse amouroux
De la Reyne gracieouse et belle ;
Faou que more d'une mort cruelle.
Eou a pensa coume un cruel
Contre lou pople d'Israël :
Enfans d'Abraham lou grand cheri,
Saran toujours leis favouris.
An abouli touteis seis vices
Per voix de vœu et sacrifices,
Sount esta mestre din Sussant
Amé l'appui daou Tout-Puissant.
Ai counegu leis entrepresses

De sa femme la malapresse ;
Per ave suivi seis counseou
Servira de viande eis ouseou.
Noun soulament d'eou soulet,
Mai encare enfans, femmes et valets.
Avien deja douna dedin
De voulé peri lou jardin.
Et tu Haman ! esprit brula,
Et teis proujets dissimula,
La jurisprudence punit toun vice,
Te coundamne à un grand supplice,
Et per courregea teis defaou,
Faras visite à un echaffaou.
Finiran touteis teis attentats
Aoutant que l'as amerita.
Seloun l'enourmita de teis actiouns,
Tale es ta coundamnatioun.
Ta sentence daou ciel es devançade
Et su la terre prounouncade.
Touteis leis libres et leis aoutours
Voloun puni tous teis détours.
Te faren mouri d'une mort severe.
Et leis justes din soun mounastere
An ansin counclu et aoutourisa
De puni tout esprit deguisa.

LOU REY.

Anen, ta sentence sara executade·
Pusque la fourque es preparade.

CANSOUN D'HAMAN.

Eisso es curioux
D'Haman lou glourioux :
A Mourdacay guide,
L'y tiré la bride.
Grand a paregu,
Arou es vengu
Coume un miserable,
Rés l'a counegu.
Qu'y arrivara?
Soun caou passara
A la grand poutence
Qu'avié prepara,
Et lou veiré : deman
Van pendoula Haman.

Fin daou quatrieme Acte.

—

ACTE V
Scenou premiero.

—

LOU REY.

Me trove en grande tranquillita
De saoupre Haman executa.

ESTHER *aou Rey.*

Sire, pasqué sia de coumoudita,
Vous poudrai faire lou delal
De yeou et de moun pays natal,

Qu'a presen es en rouine,
Daouquaou tire moun ourigine.
Erou Sioun moun lio de place,
Et Israël, ma propre race.
D'aqui sian esta transpourta
Et reduits din vosteis Etats,
Dispersa din villes et villages
Et reduits dediɲ l'esclavage.
Esten restade ourpheline,
Devengude amé triste mine,
Accablade de desplesi
Que fai trambla de leis aousi,
Regretave ma soulitude
Aoutant que moun esclavitude.
Mourdacay, fideou servitour,
Es eou qu'es esta moun tutour,
Et coume un bon cousin gearman,
Prengué tous meis affaires en man
Amé piata, grande tendresse,
Et coumpassioun de ma jouinesse.
Me counduigué din moun enfance
Sen manqua un pas de la cadance,
Me prengué din sa mesoun
En fournissen meis besouns.
Un homme bon et venerable,
Et saven et tout capable,
A qui poudé faire counfience,
Es une source de science.

El yeou me vesen en grand gloire
Quand rappelle din ma memoire
Leis benfa d'aqueou bon vieillard,
El que, segur, d'un air gaillard
Me suivié après coume un ange,
Pode pas cessa soun louange.
Ai pró soun parti amé vigour
Per amoussa (¹) flo et rigour
Qu'avié fa Haman cruel, barbaro,
El leis lettres sount drechou encare.
Qu'aousarié, sire, vous demanda
Si vous voudria ben accourda
D'evita de plus grands doumages,
Que faguessoun pas de carnage
En quaouquels endrès à ma natioun
Din l'ordre de la punitioun.

LOU REY à *Esther.*

Se ya din lou siecle la femme forte,
Vous la sia, Reyno, de la première sorte.
Esten su voste éclat et su voste splandour,
Recouneisso en vous la vertu et la grandour.
O beouta sen pareille !
Voudria me favourisa
Su voste bouquou vermeille
Que prenguesse un baisa.

(1) Eteindre ; it. *ammorsare, ammortare* ; esp. *amorti-guar,* anc. fr. *amortir.* — Dans *amoussa,* l'r est tombée comme dans *moussiguo.* de *morsicare.* Voy. LITTRÉ au mot *amortir.*

Me redoubla meis flames,
Podo pas rèsista,
Ressento en vous, Madame,
Aoudour de santeta.

ESTHER *aou Rey*.

Siro, ya din vosteis etats
D'esprits turbulans,
S'amusoun a plesenta
Et faire leis galans.
Que sert-y qu'innounde,
Courregen seis defauts,
Leis faou banni d'aou mounde,
Mouri sur un échaffaou.

LOU REY *à Esther*.

Qu'u ya din lou rouyaume
Que vous piesque inquieta ?
N'es pas besoun que chaume,
Fasé l'executa.

ESTHER *à Mourdacay*.

Moun ouncle, moun restouratour,
Et d'Israel bon proutectour,
Vous ouccupa qu'en d'obres pies
Et daou sein patrial sia la coupie,
Travailla per voste salut,
Saré aou nombro deis élus,
Saré à la gloire eternelle
A la place la plus soutemnelle.

Nous faré espera à la fin
De vous veire aou reng deis seraphins,
Et per lou soin qu'avó de noste puple
Dieou vous lou coumpensara aou centuplo.

LOU REY à *Mourdacay*.

Oh ! Mourdacay, bonne persoune,
Prené ce que lou Rey vous doune
Et leva agreablament la man,
Vous faou présent de moun diaman.
Ai accourda tout à la Reyne,
De brisa touteis vosteis chaines.
Sia plus esclave ni soumée,
Aoujourd'hui vous es tout permés.

MOURDACAY *aou Rey*.

Sire, vesez eici un viei domestique
Que vous ven faire sa supplique,
Et vous remercia en même tems
Que m'avez rendu tant countent,
Que m'avez fa cessa ma tristesse
Et me revesti de jouinesse.
Après long-tems ave gemi,
Me foula eici moun ennemi,
Ma lengue n'es pas suffisente,
Ni ma bouquou tan' élonquente
Per remercia à proupourtioun
A un Rey de voste elevatioun.
Mai amé une soumissioun extreme,

A voste Magesta supreme
Sarai varlet hounestament
Et mancarai pas un moument
De prega per la pousterita
Daou regne de sa Magesta,
Et sacrifiarai ma persoune
Per la fidélita de la Couroune.

MOURDAGAY.

Louange à Dieou siègue rendu
Qu'à la place d'estre pendu
Me vese eici en grand parure,
Rampli d'argent et de dourure,
Ben poumpoun et ben trioumphant
Et la senture su leis flancs.
Habilla amé de grand pantes (1)
Coulour de pourpre et amarante,
Chierpe (2) de lin en bourdarié
Amé perle et perlarié,
Aoutant manific qu'un mounarque,
Vous ai pas maou counduit la barque.
Canten à Dieou nouveou cantique,
Force instrumens, grande musique,
Fourmen entre naoutreis un grand chœur
Pasqué sian esta leis vainqueurs
D'Haman, nostou partide adverse.
Daou ciel l'an jetta à la ranverse,

(1) Bandes d'étoffe. — Voy. Littré à ce mot.
(2) Echarpe.

N'es pas vengu a seis attentes,
Et soun oustaou a pré la pente.
Dieou l'y a destruit tous seis proujets,
Nous a tira hors de danglé
Amé grand merveille et miracle
Aou plus fort de nosteis oubstacles.
.Qu'y a-ti de plus merveilloux !
Haman qu'erou tant ourguilloux
Quand proucuravou ma rouine;
Esther, qu'a la pensade fine,
Aou fort de soun elevatioun
L'y prondigué sa destructioun.
La paoure se cresté indigne
De poudé cassa aquelle espigne;
A Dieou demandé soun secours
De la faire intra din la Cour.
Dieou nous avié tourna la face,
Arou sian'din seis bonnes graces;
A virou (¹) lou tems en douçour
Jusque me rendre poussessour
De l'oustaou de moun ennemi
Et eou, jetta din un fumi.
Pouden loua la delivrance
A Dieou, à sa toute-puissance.

(1) Il a tourné.

CANSOUN DE MOURDACAY.

Ya din Sussan
Mourdacay Bilssan
Qu'a fa de merveille,
Caouse sans pareille!
Toujours adressan,
Prière announçant
Amé seis disciples
Aou Dieou tout-puissant.
Et puis lou mus fin (¹)
N'en vegué la fin
D'Haman lou rebelle
Que fasié lou fin;
Et fasen grand festin
Lou soir et lou matin.

FIN.

(1) Le museau fin.

AU LECTEUR

En reconnaissance des grâces merveilleuses et continuelles que Dieu a fait de tout temps à son Peuple d'Israël, nous nous sommes déterminés à faire imprimer la présente Tragédie d'Esther, composée par l'Illustre Rabin Mardochée Astruc de la ville de L'Isle, perfectionnée et augmentée par le très digne Rabin Jacob de Lunel de la ville de Carpentras, afin que chacun puisse l'avoir pour une petite somme, et célébrer les ouvrages du Seigneur. Nous dresserons nos vœux au ciel de nous accorder sa sainte garde ; nous faire avoir le bonheur de nous revoir tout Israël ramassé et assemblé dans la terre de permission ; voir rétablir la sainte Ville de Jérusalem et le saint Temple rebâti, et chanterons tous Israël ensemble, *Alleluia.* — Ce 15 Tevet, an de la création du monde, 5535.

Nimes. — Typ. SOUSTELLE et DUBOIS.